Oetinger

Paul Maar, 1937 in Schweinfurt geboren, ist einer der erfolgreichsten deutschen Kinder- und Jugendbuchautoren, zugleich virtuoser Wortkünstler und fantasievoller Erzähler. Zu seinen beliebtesten Figuren gehört das Sams, das in Büchern und Filmen sein Publikum begeistert und wie sein Erfinder im oberfränkischen Bamberg lebt. Aber auch Kinderhelden wie Lippel, Herr Bello und das kleine Känguru wurden von Paul Maar erschaffen. Der Autor hat viele bedeutende literarische Ehren erhalten, u. a. den Deutschen Jugendliteraturpreis für sein Gesamtwerk, den Friedrich-Rückert-Preis und den E. T. A.-Hoffmann-Preis.

PAUL MAAR

DAS SAMS und der blaue DRACHE

Verlag Friedrich Oetinger · Hamburg

Alles vom Sams
Eine Woche voller Samstage
Am Samstag kam das Sams zurück
Neue Punkte für das Sams
Ein Sams für Martin Taschenbier
Sams in Gefahr
Onkel Alwin und das Sams
Ein Sams zu viel
Das Sams feiert Weihnachten

Bei Oetinger sind alle Sams-Bücher auch als Hörbuch erschienen.

FSC
www.fsc.org
MIX
Papier aus verantwortungsvollen Quellen
FSC® C002795

1. Auflage

Satz: Arnold & Domnick GbR, Leipzig
Druck und Bindung: Livonia Print SIA, Ventspils iela 50,
LV-1002, Riga, Lettland
Printed 2020
ISBN 978-3-7891-1476-2

www.oetinger.de
www.dassams.de

Eine Was-wäre-wenn-Geschichte

Am Ende des ersten Bandes der Sams-Geschichten wünscht sich Herr Taschenbier mit dem letzten Sams-Wunschpunkt eine Wunschmaschine, die Wünsche erfüllen kann. Leider funktioniert sie nicht.
Im zweiten Band setzen das Sams und Herr Taschenbier die Wunschmaschine in Gang.
Nun funktioniert sie also, und Herr Taschenbier beginnt zu wünschen. Aber bald widerstreiten sich zwei Wünsche: Sein Freund Herr Mon hat gleichzeitig etwas anderes gewünscht als Herr Taschenbier. Die Folge ist, dass die Wunschmaschine überfordert ist und explodiert.
Im Nachhinein habe ich es manchmal bedauert, dass die Wunschmaschine so schnell kaputtging.

Was hätten das Sams und Herr Taschenbier noch Überraschendes wünschen können!
Immer mal wieder habe ich mir ausgemalt, was noch alles hätte passieren können, wenn die Maschine nur nicht so schnell geborsten wäre.
Und jetzt habe ich eine dieser nachträglichen Wunschmaschinen-Fantasien zu Papier gebracht.
Hier ist sie:

Wie schnell man Wünsche wünschen kann, ist erst die Wunschmaschine an!

Herr Taschenbier wohnte seit Samstag nicht mehr allein.

Am Samstag kam das Sams zu ihm. Er hatte das seltsame Wesen auf der Straße gefunden. Es war klein wie ein Kind, hatte feuerrote Haare, eine Nase wie eine Steckdose und viele blaue Punkte im Gesicht.

Herr Taschenbier wusste sofort, dass dies nur ein Sams sein konnte. Denn er hatte vorher eine merkwürdige Woche erlebt:

Am Sonntag
schien die Sonne.

Am Montag
bekam er Besuch
von seinem Freund, Herrn Mon.

Am Dienstag
hatte er Dienst.

Am Mittwoch
war Mitte der Woche.

Am Donnerstag
hatte es gedonnert.

Und am Freitag
bekam er frei.

Deshalb konnte das Wesen,
das am Samstag
auf der Straße saß,
nur ein Sams sein.

Weil Herr Taschenbier das Sams erkannt hatte, sagte es »Papa« zu ihm und zog bei ihm ein. Die blauen Punkte im Sams-Gesicht waren keine Sommersprossen, sondern Wunschpunkte.
Doch mit jedem Wunsch, den Herr Taschenbier aussprach, verschwand ein Wunschpunkt.
Und weil Herr Taschenbier viel zu viele Wünsche hatte, waren die Wunschpunkte schnell verbraucht.
Gerade noch rechtzeitig, bevor der letzte Wunschpunkt weggewünscht war, wünschte sich Herr Taschenbier eine Wunschmaschine. Sie schien zu funktionieren. Jedenfalls blinkten einige grüne und rote Lichter an der Maschine.
Herr Taschenbier war begeistert und sagte zum Sams: »Jetzt muss ich nur noch wissen, wie die Maschine funktioniert.«
»Man stellt den Hebel erst auf EIN und spricht den Wunsch zum Trichter rein«, reimte das Sams.
Herr Taschenbier betrachtete die Maschine von

allen Seiten und sah auch gleich den Trichter, den das Sams gemeint hatte. Und schon fing er an zu wünschen.
Er wünschte sich Kleider und eine Tasche voll Geld. Dann ging er mit dem Sams in ein vornehmes Restaurant, und die beiden aßen zu Abend. Allerdings nicht im Restaurant, sondern an einer Würstchenbude.
Als Nächstes wünschte sich Herr Taschenbier ein Auto. Das war aber ein ungenauer Wunsch, denn schon stand es in Taschenbiers Zimmer, eingequetscht zwischen Schrank und Bett. Sein Lieblingsstuhl war unter das Auto gekommen und völlig platt gewalzt.
Herr Taschenbier war sauer, wünschte den Stuhl wieder ganz und das Auto vors Haus. Er hätte es lieber an den Straßenrand wünschen sollen, denn nun blockierte es den Bürgersteig. Kein Wunder, dass ein Polizist Herrn Taschenbier aufforderte, das Auto sofort wegzufahren. Herr Taschenbier setzte sich ans Steuer, das Sams saß auf dem Nebensitz, als sie nun losfuhren. Er hatte zwar ein Auto, das hieß aber nicht, dass er es auch steuern konnte.
Das Auto fuhr durch einen Vorgarten, über eine

Terrasse, durchbrach eine Tür und stand erst in einem fremden Wohnzimmer still. Herr Taschenbier stieg hastig aus, fasste das Sams bei der Hand, und die beiden liefen nach Hause, so schnell sie konnten.

Dort stellte sich Herr Taschenbier vor die Wunschmaschine und rief atemlos: »Ich wünsche, dass das Auto dahin verschwindet, wo es hergekommen ist, und dass in diesem Wohnzimmer wieder alles so ist, wie es war, bevor ich hineingefahren bin!«

Dann setzte er sich aufs Bett. »Wir haben Glück gehabt, dass wir so schnell hier waren und den Schaden wiedergutmachen konnten«, sagte er zum Sams. Er musste immer noch heftig schnaufen.

»Du meinst, dass wir den Schaden *wiedergutwünschen* konnten«, verbesserte das Sams ihn.

»Hätte uns die Polizei erwischt, wären wir im Gefängnis gelandet wegen schwerer Sachbeschädigung und Fahrerflucht! Nicht auszudenken!«

»Ich kann mir das schon ausdenken«, sagte das Sams und begann zu singen:

»Wäre das nicht wunderschön,
wenn wir ins Gefängnis gehn?«

»Was soll denn daran schön sein?«, fragte Herr Taschenbier.
Das Sams sagte: »Stell dir doch mal vor, wie gemütlich es wäre

wenn wir ins Gefängnis gingen,
in der Zelle grölend singen,
aus dem Gitterfenster gucken
und unten auf die Wärter spucken!
Während wir die Jahreszahlen
an die Zellenwände malen.«

»Du wirst es nicht glauben, aber ich kann mir tatsächlich Schöneres vorstellen!«, sagte Herr Taschenbier. »Ich werde die Wunschmaschine jedenfalls nicht mehr anstellen.«

»Musst du auch nicht, sie ist ja schon angestellt«, sagte das Sams.

»Ich meine, ich werde sie nie mehr benutzen. Oder nur noch in ganz dringenden Fällen«, sagte er. »Ich will keine Autos mehr im Zimmer haben und schon gar keine Angst vor einer Verhaftung!« Damit stellte er den Hebel an der Maschine auf AUS. Dann holte er ein Bettlaken aus der Schublade und legte es über die Maschine. »Wenn ich die Maschine nicht mehr sehe, komme ich nicht in Versuchung, doch noch mal zu wünschen«, sagte er. »Außerdem muss Frau Rotkohl nicht unbedingt wissen, dass wir eine Wunschmaschine haben.« Frau Rotkohl war die Vermieterin und ziemlich neugierig.

»Nein, das muss sie niemals nicht«, bestätigte das Sams. »Wenn nicht sogar überhaupt nicht.«
»Sag mal: Kannst eigentlich auch du mit der Maschine wünschen?«, fragte Herr Taschenbier. »Bis jetzt habe immer nur ich gewünscht.«
»Ich kann es ja gleich mal ausprobieren«, sagte das Sams.
»Halt!«, rief Herr Taschenbier.
»Warum soll ich was weshalb halten?«, fragte das Sams. »Musst du das gleich so rausschreien? Ich steh doch neben dir. Samsregel 297:

Steht man vor dem Tisch zu zweien,
muss man gar nicht heftig schreien,
weil es auch viel leiser geht,
wenn man dicht zusammensteht.«

»Du weißt genau, was ich meine«, sagte Herr Taschenbier. »Ich will nicht, dass du die Wunschmaschine benutzt. Und schon gar nicht, während ich weg bin.«
»Warum nicht?«, fragte das Sams.
»Weil ich mir vorstellen kann, was du dann alles anstellst!«, sagte Herr Taschenbier.

»Ich will ja gar nicht alles anstellen. Nur manchmal die Maschine«, sagte das Sams.
»Das eben sollst du nicht!«
»Und wenn du dabei bist? Darf ich dann mal einen Wunsch in den Trichter sprechen?«
»Lieber nicht.«
»Auch nicht ein kleines Wünschlein?«
»Was würdest du dir denn wünschen?«, fragte Herr Taschenbier.
»Vielleicht ein kleines Würstlein?«, schlug das Sams vor.
»Na gut, dann sprich dein Wünschlein«, sagte Herr Taschenbier, zog das Bettlaken von der Maschine und stellte den Hebel auf EIN. Gleich begann ein rotes Licht zu blinken.
Das Sams hielt den Mund nahe an den Trichter und flüsterte: »Ich wünsche mir ins Zimmer hier eine zwei Meter lange Würstchenkette.«
Herr Taschenbier hatte den geflüsterten Wunsch zwar nicht verstanden, aber gleich darauf wusste er, was das Sams gewünscht hatte: Um Herrn Taschenbiers Hals hing eine Kette aus kleinen Knackwürstchen.
»Sehr schön gut«, sagte das Sams, während es ihm

die Kette abnahm. »Jetzt muss ich aber noch mal wünschen.«

»Noch mal? Wieso?«, fragte Herr Taschenbier.

»Ich habe den Senf vergessen«, sagte das Sams, und schon rief es der Maschine zu: »Ich wünsche ein Glas Senf mit einem Löffel darin auf diesen Tisch hier!«

Das war genauer gewünscht als beim ersten Mal. Denn nun hatte Herr Taschenbier nicht etwa das Senfglas in der Tasche, es stand auch nicht irgendwo oben auf dem Schrank, sondern genau da, wo es hingewünscht worden war.

Das Sams riss gleich eines der Würstchen von der Kette, tauchte es in das Senfglas und warf es mit einem kleinen Schwung in den Mund. »Extrafeine Wurstsorte. Sehr gut«, nuschelte es mit vollem Mund. »Die Maschine weiß, was gut schmeckt.«

Herr Taschenbier stellte den Hebel der Maschine auf AUS.

»Das ging ja gerade noch mal gut«, sagte er.

»Sogar höchstbestens!«, bestätigte das Sams.

»Wenn nicht sogar ausgezeichnet.«

»Ganz so ausgezeichnet fand ich es nicht, dass ich deine Würstchen um den Hals gewickelt bekam«, sagte Herr Taschenbier. »Sie riechen übrigens recht gut. Ich bekomme direkt Hunger. Vielleicht sollte ich mir auch ein paar Würstchen wünschen.«

»Du wünschst dir ein paar Würstchen?«, fragte das Sams.

»Ja, aber nicht mit Senf, sondern mit Ketchup«, sagte Herr Taschenbier.

Gleich darauf lagen zwei Würstchen mit Ketchup auf Herrn Taschenbiers Schreibtischstuhl.

»Was soll das denn?«, rief Herr Taschenbier.

»Die Wunschmaschine ist doch ausgestellt.«

»Tja, soeben hast du meinen allerletzten Wunschpunkt weggewünscht«, sagte das Sams. »Einen hatte ich noch. Hast du wohl vergessen.«
»Stimmt«, sagte Herr Taschenbier. »Aber jetzt haben wir ja eine Wunschmaschine. Genauer gesagt habe ich eine, und ich befehle dir jetzt noch mal, dass du nicht an die Wunschmaschine gehst, wenn ich nicht da bin. Hast du verstanden?«
»Ja, ich bin doch nicht taub«, sagte das Sams missmutig.
»Versprichst du mir das?«, fragte Herr Taschenbier.
»Wem denn sonst?«, sagte das Sams.
»Ich meine nicht, dass du es mir *versprichst*, sondern, dass du es *mir* versprichst!«
»Na gut. Wenn es sein muss«, antwortete das Sams.
»Ja, es muss sein«, sagte Herr Taschenbier.

Schnecken hängen oft an Decken, Erdbeereis macht manchmal Flecken.

Am nächsten Morgen frühstückten die beiden zusammen, und dann machte sich Herr Taschenbier wie üblich auf den Weg ins Büro.
In der Tür drehte er sich noch einmal um und fragte: »Was machst du eigentlich den ganzen Tag, während ich weg bin? Was hast du vor?«
»Ich habe vor, mich überaus beträchtlich äußerst sehr zu langweilen«, sagte das Sams.
»Viel Spaß dabei«, wünschte Herr Taschenbier und ging zur Arbeit.
Auf dem Regal neben dem Tisch lag die Tageszeitung. Herr Taschenbier hatte sie noch nicht gelesen. Aber das war dem Sams jetzt egal, denn es

hatte eine Idee, wie sich die Langeweile vertreiben ließ.
Es fing an, die Zeitung in kleine Stückchen zu reißen, warf sie in der Küchenecke ins Spülbecken und ließ heißes Wasser laufen. Die Papierschnipsel saugten sich mit Wasser voll und lösten sich auf.
Jetzt musste das Sams erst mal warten, bis das Wasser etwas kälter geworden war.
Es beschloss, die Wartezeit durch einen Sams-Gesang zu verkürzen. Dazu holte es den größten Topf aus dem Küchenschrank, schlug mit dem Kochlöffel den Takt und begann sehr laut zu singen:

»Langeweile muss nicht sein,
Langeweile muss nicht sein.
Dem Sams fällt immer etwas ein,
immer fällt dem Sams was ein!«

Es klopfte an der Tür. Das Sams unterbrach seinen Gesang und öffnete. Draußen stand Frau Rotkohl, die Vermieterin.
»Könntest du bitte mit diesem Lärm aufhören?«, fragte sie.

»Ich will gerade die Nachrichten im Radio hören und verstehe kein Wort.«
»Kein Problem«, sagte das Sams. »Ich kann dir hier die neusten Nachrichten vortragen. Du musst das Radio gar nicht hören, das würde nur meine Nachrichten stören.«
»Du willst die Nachrichten vortragen?«, rief Frau Rotkohl. »Mach dich nicht lustig über mich!«
»Hör doch erst mal zu«, sagte das Sams.

»Die Regierung hat beschlossen,
ab gestern wird nicht mehr geschossen.
Die Regierung hat entschieden,
ab heute Nachmittag herrscht Frieden.
Doch Herr Knorps, der sagt: ›Von wegen!
Da bin ich absolut dagegen!‹«

»Wer ist denn Herr Knorps?«, fragte Frau Rotkohl.
»Das ist der, der absolut dagegen ist«, erklärte das Sams ihr.
»Und ich falle auf deinen Unsinn noch herein und frage!«, schimpfte Frau Rotkohl. »Ich gehe jetzt in mein Zimmer und will nicht mehr gestört werden.«

»Du hast ja noch gar nicht den Wetterbericht gehört!«, rief ihr das Sams hinterher. »Kommt ein Tief tief aus dem Osten, fängt das Eisen an zu rosten ...«

»Dummes Zeug!«, schimpfte sie und schloss die Tür hinter sich.

Das Sams hüpfte hinterher, öffnete die Tür einen Spalt und rief hinein:

»Ein Hoch aus dem Westen ist am besten!«

Dann aber rannte es schnell ins Taschenbierzimmer zurück, denn Frau Rotkohl war inzwischen so wütend geworden, dass sie drauf und dran war, mit einem Küchenhandtuch nach dem Sams zu schlagen.

Im Zimmer begutachtete es den Papiermatsch im Spülbecken, ließ das Wasser ab und knetete zufrieden aus der Matsche kleine Kugeln, ungefähr so groß wie Tischtennisbälle.

Darauf nahm es eine der Kugeln und warf sie mit aller Kraft hoch. Die Kugel klatschte gegen die Zimmerdecke und blieb dort oben kleben.

»Sehr schön gut«, lobte sich das Sams, betrachtete stolz das Ergebnis, und wie immer, wenn es mit sich zufrieden war, belohnte es sich mit einem schnell gedichteten Lied:

»Manchmal klebt 'ne Weinbergschnecke
kopfunter an der Zimmerdecke.
Wenn sie hochkriecht, braucht sie Stunden.
Mein Matsche-Kloß braucht nur Sekunden
und klebt noch besser an der Decke
als jede noch so doofe Schnecke!«

Nun nahm es den großen Trommeltopf, drehte ihn um und stellte ihn auf den Küchenboden. Und zwar so, dass der Topf genau unter dem Ball stand, der an der Zimmerdecke klebte.
Jetzt musste sich das Sams nur auf einen Stuhl setzen, die Füße bequem auf den Tisch legen, damit wackeln und warten, wackeln und warten.

»Ohne wackeln, sagt der Lehrer,
fällt das Warten sehr viel schwerer«,

wusste das Sams.

»Wobei man stets beachten muss:
Man wackelt nicht mit einem Fuß!
Um sich das Warten zu versüßen,
wackelt man mit beiden Füßen.«

Das Sams wartete und wackelte ungefähr fünfeinhalb Minuten, dann kam es so, wie es sich das vorgestellt hatte: Der Ball an der Decke war getrocknet, fiel nach unten und landete mit einem dumpfen Knall auf dem Topfboden.
Das gefiel dem Sams so gut, dass es nacheinander immer neue Bälle an die Decke schoss und jedes Mal wartete, bis sie mit einem »Doing!« auf dem Topf aufschlugen.
Schließlich wurde ihm auch dieses Spiel zu langweilig. Es warf die Papierkugeln in den Papierkorb, blickte sich um und überlegte kurz, was es als Nächstes tun könnte.
»Papa Taschenbier meint zwar, dass ich die Maschine nicht anstellen soll, wenn er nicht da ist«, überlegte das Sams. »Aber wenn ich doch Lust auf ein Eis habe? Ich kann ja nichts dafür, dass er nicht da ist. Oder?«
Es zog das Tuch beiseite, das die Wunschmaschine verdeckt hatte, und legte es aufs Fensterbrett.
Dann stellte es die Maschine an, wartete, bis die Lichter auf der Vorderseite blinkten, und sagte: »Ich wünsche mir ein Speiseeis!«
Die Maschine ratterte ein bisschen, dann fiel eine

Portion Eis aus dem Trichter und klatschte auf die Oberseite der Wunschmaschine.
Das Sams steckte den Finger hinein, leckte ihn ab und sagte: »Bäh! Schmeckt nach Gurke! Ich hätte genauer wünschen sollen.«
Es überlegte kurz und reimte dann:

»So, jetzt bin ich aber schlauer,
und gleich wünsche ich genauer.«

Es holte eine kleine Schüssel aus der Küche und stellte sie auf Herrn Taschenbiers Schreibtisch.
Dann sagte es: »Ich wünsche mir erstens Erdbeereis mit ganz viel Sahne genau in diese Schüssel hier und zweitens nicht nur so einen Klecks, sondern ganz viel Eis!«
Sofort begann die Maschine zu arbeiten.
Wie ein kleiner hellroter Wasserfall floss jetzt Erdbeereis vermischt mit Sahne irgendwo von oben in die Schüssel, dann über den Rand hinaus und von dort auf den Schreibtisch.
Das Sams steckte den Finger ins Eis und leckte ihn ab.
»Eine sehr gute Sorte! Oberüberaus erdbeeriger

Geschmack und die sahnigste, schmiegsamste und cremigste Sahne, die man sich vorstellen kann«, lobte es. »Aber viel zu viel! He, Maschine, hörst du mich? Ich hatte eigentlich *viel* Eis sagen wollen, nicht *ganz viel* Eis!«
Das war aber kein Wunsch, deshalb verstand die Maschine nicht, was sie tun sollte, und schickte immer mehr Eis in die Schüssel.
Erst als das Sams schnell auf den AUS-Knopf drückte, stellte sie sich ab.
Inzwischen war Herr Taschenbier nach Hause gekommen.

Im Flur empfing ihn Frau Rotkohl und sagte: »Herr Taschenbier, was ist los in Ihrem Zimmer? Ich höre da ein ständiges Schmatzen und Glucksen.«
»Es ist vielleicht das Heizungsrohr«, vermutete Herr Taschenbier.
Er öffnete seine Zimmertür. Frau Rotkohl schaute ihm neugierig über die Schulter.
Beide riefen fast gleichzeitig: »Nein!«
Ein See aus geschmolzenem Eis bedeckte den Schreibtisch, hatte Briefe und Papiere aufgeweicht und war über den Rand geflossen.
Den Teppich verzierte nun eine große rosarote Pfütze.
»Das darf nicht wahr sein! Meine ganzen Papiere!«, rief Herr Taschenbier.
Frau Rotkohl rief im selben Moment: »Mein schöner Teppich! Den werden Sie mir ersetzen!«
»Das wird alles geregelt, Frau Rotkohl!«, versprach Herr Taschenbier. »Alles

geregelt. Lassen Sie mich erst mal mit meinem Sams allein!«

Er schob sie sanft aus dem Zimmer und schloss die Tür.

Dann blickte er das Sams streng an.

Bevor Herr Taschenbier schimpfen konnte, sagte das Sams schnell: »Die doofe Maschine ist schuld. Die hat sich einfach nicht abgestellt. Wirklich!«

Weil Herr Taschenbier immer noch so streng guckte, sagte das Sams: »Aber du musst zugeben, dass sie ein unübertroffen hervorragendes Eis produziert hat.«

Und weil Herr Taschenbier immer noch nicht antwortete, sagte das Sams: »Möchtest du mal versuchen? Es ist ein überaus schmeckrig-schmackhaftes Erdbeereis, Papa. Mit Sahne! Ganz ausgezeichnet! So ein gutes Eis hast du bestimmt noch nicht gegessen.«

Es steckte den Finger ins Eis, nahm eine dicke Portion auf und hielt Herrn Taschenbier den Finger hin.

Herr Taschenbier ging zur Maschine, stellte sie an und sagte: »Ich wünsche, dass alles Eis aus dem Zimmer verschwunden ist!«

Sofort verschwand das Eis. Auch der Eisklecks auf dem Sams-Finger war weg.
Die nassen Flecken waren aber geblieben.
Deshalb musste Herr Taschenbier noch mal wünschen: »Und ich wünsche, dass mein Zimmer wieder trocken ist!«
Dann stellte er die Wunschmaschine aus, nahm sie in beide Hände, stieg auf einen Stuhl und wuchtete sie oben auf den Kleiderschrank.
Jetzt erst drehte er sich zum Sams um und sagte:
»Ich verbiete dir ein für alle Mal, die Maschine anzustellen und mit ihr zu wünschen. Hast du das verstanden?«
»Ja, habe ich«, sagte das Sams.
Herr Taschenbier fragte: »Versprichst du mir das?«
»Wenn es unbedingt sein muss«, sagte das Sams.
»Ganz fest?«, fragte Herr Taschenbier und schaute das Sams prüfend an.
»Gewissermaßen festestens fest«, sagte das Sams.
»So fest wie Wackelpudding.«
»Wackelpudding?«, wiederholte Herr Taschenbier.
»Der ist doch gar nicht fest!«
»Aber er wackelt ganz fest! Man muss ihn nur anschubsen.«

»Anschubsen!«, wiederholte Herr Taschenbier ärgerlich. »Versprichst du es mir? Ja oder nein?«

»Ja«, sagte das Sams.

Herr Taschenbier legte dem Sams den Arm um die Schultern und sagte: »Na gut, dann will ich dir noch mal verzeihen.«

Geht der Chef im Urlaub baden, schließt er seinen Drachenladen.

Am nächsten Tag schien die Sonne.
»Ein schöner Tag«, stellte Herr Taschenbier fest.
»Heute gehe ich mal ohne Mantel ins Büro. Nur mit Jacke.«
»Mit der karierten Jacke?«, fragte das Sams.
»Nein, mit der blauen«, antwortete Herr Taschenbier.
»Mit der Jacke, mit der blauen, hast du Glück bei allen Frauen«, versprach das Sams.
»Nun übertreibst du aber«, sagte Herr Taschenbier lachend und machte sich auf den Weg zum Büro.
Das Sams folgte ihm bis vor die Haustür und winkte ihm nach.

Auf der großen Wiese, nicht weit vom Haus, sah es einige Kinder, die ihre Drachen im Wind steigen ließen.

Das Sams ging zu ihnen hin.

»Darf ich auch mal die Schnur halten, an der dein Drachen hängt?«, fragte es einen Jungen.

Aber der sagte: »Nein, du Knirps. Mein Drachen zieht zu stark an der Schnur. Den könntest du gar nicht festhalten. Der würde dich glatt hochziehen und mit dir davonfliegen.«

»Kein Problem«, sagte das Sams. »Erst letzte Woche bin ich mit meinem Drachen davongeflogen. Es war ein angenehmer Flug. Ging ungefähr eine Stunde lang. Leider bin ich dann mit einem Geier

aneinandergeraten. Er hat den Drachen für einen feindlichen Vogel gehalten und ihn total zerfetzt.«

»Und dann?«, fragte der Junge.

»Dann bin ich abgestürzt! Ist doch logisch!«

»Und dann?«, fragte der Junge noch mal.

»Erfreulicherweise bin ich unten auf einem Trampolin gelandet, das zufällig im Garten stand. Du kannst dir vorstellen, wie hoch ich geschleudert wurde, als ich von ganz da oben draufsprang. Höher als ein Hausdach. Fast eine Viertelstunde bin ich noch gehüpft, bis sich das Trampolin endlich beruhigt hatte und ich absteigen konnte.«

»Ehrlich? Du willst mich verarschen!«, sagte der Junge.

»Was du für unanständige Wörter benutzt!«, beschwerte sich das Sams. »So ein Wort würdest du aus meinem Mund nie hören.«
»Wie würdest du denn sagen?«, fragte der Junge.
»Verhintern!«, sagte das Sams.
»Du bist wirklich geflogen? Echt wahr?«, fragte der Junge.
»Denkst du vielleicht, ich übertreibe?«, sagte das Sams. »Ich hatte natürlich nicht so einen lächerlich kleinen Drachen wie du. Mein Drachen hatte eine Spannweite von vier Metern.«
»Vier Meter, ehrlich?«, fragte der Junge.
»Es können auch drei oder zwei gewesen sein«, gab das Sams zu. »Wenn nicht sogar eins fünfzig. Ich kenne mich mit Metern nicht so gut aus. Streck mal beide Arme zur Seite. So weit du kannst. So breit war er ungefähr.«
Der Junge gab dem Sams die Drachenschnur in die Hand und streckte beide Arme aus. »So breit?«, fragte er.
»Breiter kannst du nicht?«, fragte das Sams.
»Breiter geht nicht«, sagte der Junge.
»Na gut. Du hast dir Mühe gegeben«, sagte das Sams und gab dem Jungen die Drachenschnur

zurück. »Dein Drachen hat mich jedenfalls nicht hochgezogen, wie du vielleicht gemerkt hast.« Es lachte, ließ den Jungen stehen und ging.

Als Herr Taschenbier nach Hause kam, sagte das Sams gleich: »Papa, heute haben die Kinder draußen auf der Wiese ihre Drachen steigen lassen. Ich hätte gerne auch einen.«

»Na gut«, sagte Herr Taschenbier. »Drachen steigen lassen ist besser, als mit der Wunschmaschine Dummheiten zu machen. Am Samstag habe ich frei. Da kaufen wir dir einen Drachen.«

Am Samstagmorgen gingen die beiden in die Stadt zum Drachen-Laden.
Der gehörte Herrn Hespeler. An der Ladentür hing ein Schild. Drauf stand, dass Herr Hespeler Ferien machte und in drei Tagen wieder da wäre.

Herr Taschenbier sagte: »Dann warten wir eben drei Tage, ja? Dann bekommst du den Drachen.«
Das Sams maulte. Es wollte nicht so lange warten.
»Drei Tage darf dieser Herr Hespeler gar nicht weg sein. Ist nämlich polizeilich streng verboten.«
Herr Taschenbier fragte: »Soll ich Herrn Hespeler etwa aus dem Urlaub holen?!«
»Ja, genau!«, sagte das Sams. »Schreib ihm sofort einen Eilbrief!«
Herr Taschenbier lachte und fragte: »Einen Brief? Was soll ich denn schreiben?«
Das Sams hatte gleich ein paar Vorschläge:

»Machen Sie mit Urlaub Schluss,
weil das Sams was kaufen muss!
Legen Sie den Urlaub still,
weil das Sams was kaufen will!
Lassen Sie den Urlaub sein,
denn das Sams kauft gleich was ein.«

Darüber musste Herr Taschenbier noch mehr lachen.
Er sagte: »Lassen wir Herrn Hespeler seinen Urlaub genießen. In drei Tagen kannst du den Drachen

immer noch steigen lassen. Du musst einfach ein bisschen Geduld haben.«
Aber das Sams wollte keine Geduld haben. Es hatte auch schon einen Plan. Damit musste es allerdings noch bis zum Montag warten.

Am nächsten Tag war Sonntag. Herr Taschenbier hatte frei und musste nicht ins Büro. Nach einem ausgiebigen Frühstück gingen er und das Sams spazieren und genehmigten sich ein gutes Mittagessen in einem Gartenlokal.
Am Nachmittag malte das Sams Drachen-Modelle auf einen karierten Briefblock und Herr Taschenbier neue Schirm-Modelle auf einen unlinierten Block. Er arbeitete nämlich als Schirm-Entwerfer im Büro einer Schirmfabrik.
Als es Abend wurde, fragte Herr Taschenbier: »Was soll ich uns zum Abendessen kochen? Was isst du gerne?«
»Nudeln!«, rief das Sams. »Und zwar Hörnchen-Nudeln mit Tomatensoße.«
»Hörnchen-Nudeln?«, fragte Herr Taschenbier.
»Ja, das sind die gebogenen mit einem Loch in der Mitte«, erklärte das Sams ihm. »In das Loch geht

besonders viel Tomatensoße rein. Es gibt sogar ein uraltes ungarisches Volkslied dazu. Soll ich es dir vorsingen?«

»Auf Ungarisch?«, fragte Herr Taschenbier.

»Nein, auf Deutsch. Ich habe es für dich übersetzt«, behauptete das Sams.

»Na gut«, sagte Herr Taschenbier und sah das Sams erwartungsvoll an.

Das Sams begann laut zu singen:

»Nudeln in Hörnchenform
schmecken Kindern ganz enorm.
Nudeln, die gebogen sind,
mag jedes Sams und jedes Kind.
Nudeln mit einem Loch
schätzt sogar ein Meisterkoch.«

»Das Lied hast du doch selbst gedichtet!«, sagte Herr Taschenbier.

»Stimmt! Wie hast du das rausgekriegt?«, fragte das Sams.

»Na, weil in einem alten Volkslied kein Sams vorkommen kann«, sagte er. »Ich muss dich aber enttäuschen. Im Küchenschrank habe ich kein einziges

von deinen Hörnchennüdelchen. Dafür aber zwei Packungen Spaghetti.«
»Auch gut. Dann kochen wir eben die Spaghetti«, sagte das Sams.
»Aber doch nicht gleich alle!«, sagte Herr Taschenbier.
»Doch, alle! Den Rest stellen wir dann in den Kühlschrank. Und wenn ich morgen Hunger kriege, während du im Büro bist, nehme ich mir eben eine Handvoll. Nudeln schmecken auch kalt.«
»Wenn du meinst!«, sagte Herr Taschenbier und kochte tatsächlich so viele Spaghetti, dass seine größte Schüssel sie kaum fassen konnte.

Das Sams, es wünscht sich einen Drachen. Was wird da die Maschine machen?

Das Sams hatte seinen Wunsch nicht vergessen. Am Montag, als Herr Taschenbier bei der Arbeit war, schob es den Schreibtischstuhl vor den Kleiderschrank. Dann stellte es einen Küchenstuhl oben auf den Schreibtischstuhl und kletterte hoch. Der Stuhlturm schwankte, als das Sams nun auf den oberen Stuhl stieg. Es versuchte, den Anstellknopf der Maschine zu drücken, und musste sich dabei auf die Zehenspitzen stellen. Der Stuhl wackelte immer gefährlicher.
Es gelang ihm, auf den Anstellknopf zu drücken. Ein Lichtchen fing an zu leuchten und zu blinken.

Als sein Mund nahe vor dem Trichter war, rief das Sams hastig: »Ich wünsche mir einen blauen Drachen! Er soll nicht sehr groß sein, damit ich ihn vor Papa gut verstecken kann.«
Da verlor es auch schon das Gleichgewicht und stürzte zusammen mit dem Küchenstuhl nach unten. Der Stuhl polterte durchs Zimmer, stieß gegen den Schreibtisch und blieb da liegen.
»Au!«, schrie das Sams. Es war auf etwas Stacheligem gelandet.
Gleichzeitig rief noch jemand: »Au!«
Das Sams stand auf und schaute, wer da unter ihm gerufen hatte.
Es hatte auf einem Drachen gesessen. Aber es war kein Stoffdrachen.
Kein Drachen, den man im Wind steigen lassen kann. Das Tier hatte kurze, zackige Flügel, eine lange Schnauze mit großen Nasenlöchern und dunkelblaue Schuppen. Es war ungefähr so groß wie ein Ferkel.

»He, was soll das!«, rief das Sams zur Wunschmaschine hoch. »Ich habe einen *Drachen* gewünscht, und jetzt sitzt da ein *Drache*. Was soll ich damit?«
Natürlich gab die Maschine keine Antwort. Schließlich konnte sie zwar Wünsche erfüllen, aber nicht sprechen.
Der kleine blaue Drache fragte: »Wie komme ich hies hes?«
Das Sams sagte zum Drachen: »Immerhin kannst du sprechen. Das ist gut. Und einen Namen hast du auch. Das ist noch besser. Du heißt also Hishes.«

»Ich? Wieso?«, fragte der Drache.
Das Sams wunderte sich: »Gerade hast du gesagt *›Ich Hishes‹*!«
Der Drache schüttelte den blauen Kopf. »Du hast mich falsch vesstanden!«
»Ich habe dich falsch verstanden?«, fragte das Sams. »Wieso?«
»Weil ich wissen wollte, wie ich in dieses Zimmes komme«, antwortete der Drache.
Als das Sams nur fragend schaute, sagte der Drache: »Begseifst du immes noch nicht?«
Das Sams rief: »Hör bitte auf, mich ›du Immes‹ zu nennen! Ich bin kein Immes, ich bin ein Sams!«
Der Drache war ganz verzweifelt.
»Begseifst du es wisklich nicht?«, fragte er. »Ich kann kein S sagen. Wenn ich zum Beispiel Saubsittes sagen will, sage ich Saubsittes. Und wenn ich sage, dass aus meinem Nasenloch Sauch kommt …«
»Jetzt habe ich es begriffen«, sagte das Sams. »Du kannst kein R sprechen. Aus deinen Nasenlöchern kommt Rauch. Stimmt das?«
»Ja, stimmt«, sagte der blaue Drache. »Abes nus, wenn ich Feues gespien habe.«

»Nur, wenn du Feuer gespien hast?«, fragte das Sams. »Du hast doch nicht vor, hier im Zimmer Feuer zu speien!«
»Nein, habe ich nicht«, sagte der Drache. »Abes wenn ich mich aufsege, kommt manchmal Feues aus meines Nase.«
»Aufsäge?«, fragte das Sams. »Deine Buchstabenverwechslung geht mir ziemlich auf die Nerven. Ich werde noch mal in den Wunschmaschinen-Trichter sprechen! Dann wünsche ich, dass du den Buchstaben R sagen kannst. Du hast doch nichts dagegen, oder?«
»Nein, das wäse schön«, sagte der kleine Drache. »Und es funktioniest wisklich mit dieses Wunschmaschine?«
Das Sams nickte. »Das wirst du sofortgleich sehen, wenn nicht sogar augenblicklich. Dann kann ich die Wunschmaschine auch ausstellen. Sonst sieht Papa ja, dass die Maschine an ist. Die Lämpchen blinken immer noch.«
Wie vorher stellte es den Küchenstuhl auf den Schreibtischstuhl, kletterte hoch, schwankte und rief schnell in den Trichter: »Ich wünsche, dass der blaue Drache den Buchstaben R sprechen kann!«

Dann stellte es die Maschine aus und sprang auf den Boden.
»Raubritter rattern rastlos mit ihrer rostigen Rüstung«, probierte der kleine Drache aus. »Rachsüchtige Rotzlümmel rasieren ihren Radiergummi. He, ich kann wirklich das R sprechen! Hat funktioniert. Danke!«
»Was mache ich jetzt mit dir?«, fragte das Sams. »Ich muss dich gut verstecken. Sonst merkt Papa Taschenbier, dass ich doch mit der Maschine gewünscht habe.«
Der Drache sagte: »Bevor du mich versteckst, hätte ich gerne was zu essen.«
»Was fressen denn Drachen?«, fragte das Sams.
»Drachen fressen nicht, sie essen«, beschwerte sich der Drache. »Sie essen zum Beispiel scharfes Gemüse.«
»Wo soll ich denn scharfes Gemüse herkriegen?«, sagte das Sams. »Ich kann dir höchstens Nudeln anbieten. Wir haben noch eine große Schüssel davon in unserem Kühlschrank. Die hat mein Papa Taschenbier gestern gekocht.«
»Sehrrr gut!«, sagte der Drache. Er rollte das R. So sehr freute er sich, dass er den Buchstaben jetzt

aussprechen konnte. »Gebrrratene chinesische Nudeln gehen auch.«
»Die Nudeln im Kühlschrank haben allerdings zwei Nachteile«, sagte das Sams.
»Nachteile?«, fragte der Drache.
»Ja, es sind keine chinesischen. Sie kommen aus Schwaben«, sagte das Sams.
»Kein Prrrroblem!«, sagte der Drache. »Es können auch ausländische Nudeln von hier sein.«
»Außerdem sind sie nur gekocht und nicht gebraten.«
»Kein Prrroblem!«, wiederholte der Drache.
»Und sie sind kalt!«
»Das lässt sich schnell ändern«, sagte der Drache.
»Hol sie her, ich krieg sie schon gebrrrraten.«
Das Sams kam gleich darauf mit einer Schüssel voll Nudeln aus der Küche und stellte sie dem Drachen hin.
Der Drache holte erst tief Luft, dann spie er einen langen Feuerstrahl in Richtung der Nudeln.
Leider ging der Strahl über die Schüssel hinaus. Die Nudeln blieben kalt. Nur der Fußboden hinter der Schüssel war jetzt angesengt.
»Ich muss erst noch das Zielen üben«, entschuldigte

sich der Drache. »Ich muss rauskriegen, wie weit ich den Kopf senken muss, damit der Feuerstrahl genau da landet, wo er hinsoll.«

»Du solltest das Zielen lieber im Bad üben«, sagte das Sams. »Das Bad ist gekachelt. Da kann nichts anbrennen.«

Das sah der Drache ein und dappelte hinter dem Sams her ins Badezimmer.

»Warte hier! Ich habe ein Ziel für dich!«, rief das Sams, holte eine der Papierkugeln aus dem Papierkorb und legte sie auf den Rand der Duschwanne.

Der Drache übte. Schon nach kurzer Zeit hatte er die richtige Kopfneigung gefunden. Aber da aus jedem seiner Nasenlöcher ein Strahl kam, gingen die beiden Feuerstrahlen links und rechts an der Papierkugel vorbei. Sie hatten exakt den gleichen Abstand wie seine Nasenlöcher.

»Du musst versuchen, dein linkes Nasenloch ein bisschen nach rechts zu drehen und dein rechtes ein wenig nach links«, schlug das Sams vor. »Dann treffen sich beide Feuerstöße im Ziel.«

Der Drache versuchte es. Und wirklich: Beim nächsten Feuerstoß traf er den kleinen Ball so genau, dass der durch die Duschwanne geschleudert wurde.

»Sehr schön gut, wenn nicht sogar großartig!«, lobte das Sams.
»Gleich noch mal!«
Der Drache war so begeistert von seiner neuen Zielfertigkeit, dass er am liebsten gar nicht aufgehört hätte.
Er schoss eine Papierkugel nach der anderen in die Duschwanne, wo sie halb verbrannt und rauchend liegen blieben.
Auch dem Sams machte es Spaß, und es stellte dem Drachen neue Aufgaben.
Es legte eine Papierkugel oben auf die Schrankkante. Und wirklich: Schon beim ersten Feuerstrahl hatte der Drache die Kugel heruntergeschossen. Sie war nur ganz, ganz wenig angekohlt, so kurz und genau war der Feuerstrahl gewesen.
»Versuch doch mal, die Kerze dort auf dem Regal anzuzünden!«, rief das Sams.

Auch das klappte großartig. Ein kleiner Feuerstrahl zum Docht der Kerze, und sie brannte.
»Jetzt spielen wir Wilhelm Tell«, schlug das Sams als Nächstes vor.
»Wie geht das denn?«, fragte der Drache.
»Der hat seinem Sohn einen Apfel vom Kopf geschossen«, sagte das Sams. »Hat mir Papa Taschenbier mal erzählt.«
»Gut, dann leg dir mal die Papierkugel auf den Kopf!«, sagte der Drache.
Das war aber dem Sams doch zu gefährlich. Schließlich hätten seine roten Haare Feuer fangen können.
»Warte!«, rief es dem Drachen zu, öffnete den Kleiderschrank und nahm den Hut von Herrn Taschenbier heraus. Den setzte es sich auf und legte die Kugel obendrauf. »Jetzt!«, rief es. Im selben Augen-

blick fegte ein gezielter Feuerstrahl die Kugel mitsamt dem Hut durchs Zimmer.
»Superhöchstbestens, wenn nicht sogar gut!«, lobte das Sams. »Nicht schlimm, dass Papas Hut jetzt vorne ein Brandloch hat. Da kommt frische Luft rein und kühlt den Kopf.«
»Ist besonders praktisch im Sommer«, bestätigte der Drache. »Darf ich dich höflich daran erinnern, dass du mir die Nudelschüssel hingestellt hast? Mein Hunger ist inzwischen eher größer geworden.«
»Dann wärme dir die Nudeln meinetwegen auf!«, erlaubte ihm das Sams.
Ein lang anhaltender, gezielter Feuerstoß – und die Nudeln waren warm und hellbraun.
»Guten Appetit!«, wünschte das Sams.
»Danke! Jetzt sind die Nudeln genau richtig«, freute sich der Drache und begann zu essen.
Er fraß nicht mit dem Maul in der Schüssel, wie ein Hund oder eine Katze. Er saß aufrecht und stieß mit seinen Krallenfingern in den Nudelberg und führte die Nudeln, die er aufgespießt hatte, elegant zum Maul.
Das Sams bekam beim Zusehen so starken Appetit, dass es gleich mitaß. Und da der Drache die

Nudeln derart geschickt ohne Gabel zum Maul führte, machte es ihm das Sams nach und aß die Nudeln aus der Hand.

Als die Schüssel leer war, sagte das Sams: »Hat sehr fein geschmeckt, wenn nicht sogar oberlecker, um nicht zu sagen köstlich knusprig. Ich habe gar nicht gewusst, dass Nudeln ohne Soße so gut schmecken können.«

Der Drache nickte und sagte: »Und dass der Fußboden hinter der Schüssel jetzt ein klein wenig angesengt ist, sieht man nur, wenn man genau hinschaut.«

»Papa Taschenbier wird es gar nicht bemerken«, sagte das Sams. »Höchstens Frau Rotkohl. Die schaut genau hin.«

»Frau Rrrrotkohl?«, fragte der Drache.

»Das ist unsere Vermieterin«, erklärte das Sams ihm. »Sie wohnt gegenüber von unserem Zimmer. Sie schimpft zwar gerne, ist aber gar nicht so schlimm, wie sie manchmal tut.«

»Wenn sie mit dir schimpfen will, erschrecke ich sie mit einem Feuerstoß!«, schlug der Drache vor. »Dann hört sie bestimmt schnell auf damit.«

»Es ist sehr nett von dir, dass du mich beschützen willst«, sagte das Sams.
»Mach ich doch gerne«, versicherte der Drache.
»Trotzdem soll sie dich niemals entdecken. Genau wie Papa Taschenbier. Der darf dich auch nicht sehen«, sagte das Sams.
»Warum denn nicht?«, fragte der Drache.
»Er darf dich nicht sehen, weil er sonst weiß, dass ich mit der Wunschmaschine gewünscht habe. Obwohl ich ihm doch versprochen habe, dass ich sie nie niemals nicht anstelle.«
»Und Frau Rotkohl?«, fragte der Drache.
»Die darf dich nicht sehen, weil sie Tiere in der Wohnung nicht erlaubt. Onkel Mon darf auch keines von seinen Tieren mitbringen. Höchstens mal seinen Papagei, den Herrn Kules.«
»Wer ist Onkel Mon?«, fragte der Drache.
»Herr Mon ist Papas bester Freund«, erzählte das Sams. »Der würde dich allerdings gerne kennenlernen. Er mag Tiere und hat einen kleinen Zoo hinter seinem Haus. Oder vor seinem Haus, wenn man von der anderen Seite kommt. Der würde vielleicht staunen, wenn er einen echten, lebendigen Drachen sieht!«

»Den Mon würde ich auch gerne mal sehen«, sagte der Drache. »Wenn er Tiere mag, wird er auch mich mögen.«
»Ganz bestimmt«, sagte das Sams.
Der Drache rülpste einen kleinen, zufriedenen Feuerstrahl durchs Zimmer und sagte dann: »Entschuldigung!«
»Nichts passiert!«, sagte das Sams.
»Die Nudeln waren wirklich lecker«, sagte der Drache. »Auch wenn es schäbige waren.«
»Schwäbische!«, verbesserte das Sams. »Ich finde es schön, dass du da bist. Jetzt wird es mir bestimmt nicht mehr langweilig, wenn Papa Taschenbier bei der Arbeit ist.«
»Ist auch schön, dass du da bist«, sagte der Drache.
»Wie heißt du eigentlich?«, fragte das Sams.
»Drache!«, sagte der Drache.
»Das ist doch kein Name«, sagte das Sams. »Was sage ich, wenn ich dich rufen will?«
»Warum willst du mich rufen? Ich bin doch schon hier«, antwortete der Drache.
»Trotzdem brauchst du einen Namen«, entschied das Sams. »Wenn du noch keinen hast, kann ich dir ja einen geben. Hast du einen Wunschnamen?«

»Ja. Einen, in dem ein R vorkommt«, sagte der Drache. »Weil ich das jetzt so gut sprechen kann. Kennst du so einen Namen?«
Das Sams überlegte. »Ich war mal in der Schule …«
»Was ist denn Schule?«, fragte der Drache. »Warum warst du da?«
»Ich war da, weil mich Papa Taschenbier da hingewünscht hatte«, sagte das Sams. »Das ist jetzt nicht wichtig. Wichtig ist, dass ich da viele Kinder kennengelernt habe. Ein Junge hieß Ralf.«
»Rrrralf. Sehr gut!«, freute sich der Drache. »Gibt es auch einen Namen, der hinten ein R hat?«
»Ja. Da gibt es viele. Zum Beispiel Walter oder Heiner.«
»Nein. Ich meine doch einen, der hinten und vorne ein R hat«, sagte der Drache.
Das Sams überlegte. »Mir fällt keiner ein!«
»Weißt du was: Ich hänge einfach hinten an den Ralf noch was an und heiße Ralfer«, sagte der Drache. »Gefällt mir gut: Ral-fer.«
»Na gut, Ralfer«, sagte das Sams. »Das klingt wie ein echt original passender Drachenname.«
»Ich bin also Ralfer«, sagte der Drache. »Und wie heißt du?«

»Sams«, sagte das Sams.
Der Drache Ralfer sagte: »Sams, was ich dich schon lange fragen wollte: Warum hast du mich eigentlich hierher zu dir gewünscht?«
»Ehrlich gesagt hatte ich dich gar nicht gewünscht«, sagte das Sams. »Siehst du die Kinder draußen vor dem Fenster? Sie lassen ihre Drachen steigen. Ich wollte auch so einen Drachen. Einen, den man hochsteigen lassen kann.«
»Ja, und?«, fragte der blaue Drache. »Warum lässt du mich nicht steigen?«
»Dich?«, fragte das Sams. »Wie willst du denn mit diesen kleinen Flügelchen hoch in die Luft steigen?«

Der Drache schüttelte unwillig den blauen Kopf. »Flügelchen!«, rief er. »Die sogenannten Flügelchen sind überhaupt nicht so klein, wie du vielleicht denkst. Ich kann sie nämlich auseinanderklappen. Schau mal: So!«
Er klappte seine Flügel erst nach hinten auf, dann noch zur Seite. Jetzt hatten sie eine Spannweite von mindestens zwei Metern.
Das Sams staunte: »Mann, sind die groß! Aber du sollst damit ja nicht fliegen, sondern an einer Schnur hochsteigen, wie die Drachen von den Kindern draußen.«
Der Drache sagte: »Dann hol mal eine Schnur!«
»Eine Schnur? Meinst du wirklich?«, sagte das Sams. »Ich kann ja mal die olle Rotkohl fragen.«

Wird es Frau Rotkohl wohl gelingen, dem Sams Manieren beizubringen?

Es ging auch gleich in Frau Rotkohls Küche und fragte: »Frau Rotkohl, hast du vielleicht ...«
Weiter kam es nicht, denn sie unterbrach das Sams: »Kannst du nicht anklopfen, wenn du in meine Küche kommst?«
»Doch, kann ich«, sagte das Sams, ging innen zur Tür und klopfte sogar zweimal.
»Willst du mich veralbern?«, fragte Frau Rotkohl. »Man klopft von außen und nicht, wenn man schon drinnen ist! Geh noch mal vor die Tür und klopfe richtig an, damit du es lernst!«
Das Sams zog eine Grimasse und tippte sich mit dem Finger an die Stirn.

»Na?«, machte Frau Rotkohl.
»Was macht man nicht alles, wenn man eine Schnur braucht!«, murmelte das Sams, ging aus der Küchentür und klopfte von draußen.
Frau Rotkohl rief: »Herein! Na, siehst du, so ist es korrekt.«
»Äußerst sehr interessant«, sagte das Sams. »Das muss ich mir sofort merken:

Klopft es an der Tür von außen,
dann steht meistens jemand draußen.
Drinnen sagt man dann ›Herein!‹.
Klopft es an Tür von innen,
steht der Klopfer bereits drinnen.
Ein ›Herein!‹ muss dann nicht sein!«

Frau Rotkohl wusste nicht, ob sie sich ärgern oder lachen sollte, und fragte: »Und was führt dich in meine Küche?«
»Niemand hat mich hergeführt«, sagte das Sams. »Ich habe ganz allein hergefunden. Da staunst du, was?

Ich marschierte ganz allein
aus meiner Zimmertüre raus,

im Vorwärtsgang
den Gang entlang
und dann in deine Küche rein.«

»Ich habe genug von deinen dummen Sprüchen«, sagte Frau Rotkohl. »Was willst du?«
»Eine Schnur«, antwortete das Sams.
»Willst du etwas zubinden?«, fragte sie.
»Eher etwas anbinden«, sagte das Sams.
»Eine Schnur also«, wiederholte Frau Rotkohl. »Mal sehen!«
Sie zog eine Schublade auf und fand wirklich eine Schnurrolle. »Eigentlich hast du die Schnur gar nicht verdient, weil du immer so vorlaut bist.« Sie hielt dem Sams die Schnur hin. »Hier, bitte!«
Das Sams betrachtete die Schnur. Es schien nicht gerade begeistert zu sein.
»Was ist?«, fragte Frau Rotkohl. »Ist dir meine Schnur nicht schön genug?«
»Nein, nicht lang genug«, antwortete das Sams.
»Die Schnur, die ich brauche, muss mindestens so lang sein, wie ein Haus hoch ist.«
»Wie ein Haus hoch ist?«, wiederholte Frau Rotkohl.
»Was willst du denn mit einer so langen Schnur?«

»Meinen Drachen steigen lassen«, sagte das Sams.

»Da wirst du wohl in den Drachenladen von Herrn Hespeler gehen müssen«, sagte sie. »Der hat Drachenschnüre.«

»Der Herr Hespeler macht aber gerade Ferien«, sagte das Sams. »Der ist erst in zwei Tagen wieder da.«

»Dann wirst du eben zwei Tage warten müssen«, sagte Frau Rotkohl.

»Ja, ja, ja!«, machte das Sams. »Das hat Papa Taschenbier auch gesagt!«

»Na eben!«, sagte sie. »Und jetzt gehst du bitte schön wieder raus aus der Küche und rein in euer Zimmer.«

Im Zimmer fragte der Drache gleich: »Hast du die Schnur?«

»Nein, habe ich nicht«, antwortete das Sams missmutig. »Und der Chef vom Drachenladen kommt erst in zwei Tagen.«

»Dann musst du eben zwei Tage warten«, sagte Ralfer, der Drache.

»Jetzt redest du schon wie die olle Rotkohl!« Das Sams war sauer. »Und was mache ich mit dir in diesen zwei Tagen? Papa Taschenbier darf auf keinen Fall merken, dass du da bist.«

»Du kannst mich ja verstecken«, schlug der Drache vor.

»Musst du nicht nach Hause?«, fragte das Sams.

»Wo ist das denn?«, fragte der Drache.

»Du wirst doch wissen, wo du zu Hause bist«, sagte das Sams.

»Nein, weiß ich nicht!«

»Wo kommst du denn her?«, fragte das Sams.

»Du hast mich mit dieser Maschine da oben gewünscht, dann gab es mich«, sagte der Drache.

»Willst du damit sagen, dass es dich vorher gar nicht gegeben hat?« Das Sams dachte nach. »Papa Taschenbier hat sich mit der Wunschmaschine Geld gewünscht. Dann kam das Geld. Aber Geld gab es schon, bevor er es sich gewünscht hat. Das Geld ist wahrscheinlich aus einer Sparkasse gekommen. Mein Erdbeereis stammt vielleicht aus irgendeinem Eiscafé und die Sahne auch. Alles, was man sich mit der Maschine wünscht, gibt es schon irgendwo.«

»Und was ist mit der Wunschmaschine?«, fragte der kleine Drache.
»Du hast recht!«, rief das Sams. »Die Wunschmaschine gab es vorher noch nicht. Es ist die erste und einzige auf der Welt. Erst ein Wunsch hat gemacht, dass es sie gibt!«
»Und dein Wunsch hat gemacht, dass es mich gibt!«, ergänzte der Drache.
»Ich habe mich sowieso gewundert, dass Drachen wie du richtig echt und lebendig sind«, sagte das Sams. »Drachen kommen doch nur in Märchen oder Sagen vor.«
»Und neuerdings hier bei dir im Zimmer!«, sagte der Drache lachend. Dabei kam ein kleiner Feuerstrahl aus seiner Nase. Er konnte ihn gerade noch rechts um das Sams-Bein herumlenken, sonst hätte der Strahl den Taucheranzug versengt. So machte er nur einen kleinen Brandfleck in den Teppich.
»Wo könnte ich dich denn verstecken?«, fragte das Sams.
»Vielleicht unter deinem Bett«, schlug der Drache vor.
»Da sieht man dich doch!«, sagte das Sams.
»Du kannst ja die Decke dort so über den Bettrand

hängen, dass sie bis zum Fußboden reicht«, sagte der Drache. »Dann kann man nicht unters Bett schauen.«
»Stimmt! Das könnte gehen!« Das Sams nickte. »Tagsüber ist Papa Taschenbier sowieso bei der Arbeit. Da darfst du hier im Zimmer sein …«
»Und gebratene Nudeln essen«, ergänzte der Drache.
»Und nachts schläfst du unter meinem Bett«, sagte das Sams »Ich hoffe, du schnarchst nicht.«
»Ich weiß nicht, ob ich schnarche«, sagte der Drache. »Ich weiß nicht einmal, ob ich schlafe, und wie das geht.«
»Das wirst du schon merken«, sagte das Sams. »Ich denke, die Wunschmaschine hat einen ganz normalen Drachen aus dir gemacht. Also kannst du alles, was Drachen so können. Du weißt es nur noch nicht.«
»Was können denn Drachen alles?«, fragte Ralfer.
»Das weiß ich auch nicht«, sagte das Sams. »Feuer speien, zum Beispiel. Und fliegen.«
»Und sich unter einem Bett verstecken«, sagte der Drache. »Ich kann es ja mal ausprobieren. Vielleicht passe ich gar nicht da hinunter.«

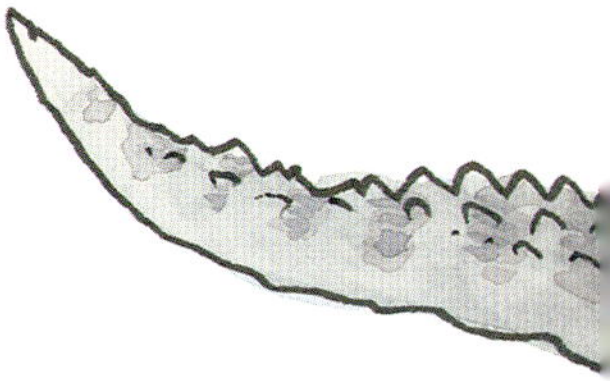

Er schob sich unters Bett, das Hinterteil voraus. »Der Schwanz schaut noch ein bisschen zu weit vor«, sagte das Sams. »Weiter zurück bitte! So ist es richtig. Jetzt noch die Decke!«
Es zog die Tagesdecke, die über sein Bett gebreitet war, ein Stück nach vorne, sodass sie jetzt bis zum Boden reichte, trat dann ein paar Schritte zurück und betrachtete prüfend das Versteck.
»Alles höchstbestens. Nichts zu sehen!«, rief es dem Drachen zu. »Kannst wieder rauskommen!«
Doch gerade als sich die Überdecke nach außen wölbte, weil der Drache sich einen Weg nach draußen bahnen wollte, rief das Sams: »Halt! Zurück! Versteck dich! Schnell!«

»Warum soll ich versteckt bleiben?«, fragte der Drache unter der Decke.
Das Sams rief halblaut: »Ralfer, sei ganz still jetzt! Kein Wort! Es kommt jemand. Ich höre Schritte.«
Ralfer, der Drache, schob in seinem Versteck die Decke ein ganz, ganz klein wenig zur Seite und spähte durch den Spalt ins Zimmer.

Herr Mon weiß wirklich viele Sachen und kennt sich bestens aus bei Drachen.

Er sah, wie die Tür geöffnet wurde und zwei Männer hereinkamen.
Der eine trug eine blaue Jacke, hatte eine Brille auf der Nase und eine Aktentasche unter dem Arm.
Das war wohl der Papa Taschenbier, von dem das Sams erzählt hatte.
Der andere Mann war etwas dicker, hatte lange Haare und einen Schnauzbart. Auf seiner Schulter saß ein großer bunter Vogel.
Das Sams rannte auf die beiden zu und begrüßte sie.
»Hallo, Papa!«, rief es. »Du kommst heute früher

als sonst. Und Onkel Mon hast du auch mitgebracht. Schön, wenn nicht sogar überraschend!« Herr Taschenbier zog heftig die Luft ein, schnüffelte mit hoch erhobener Nase und sagte: »Es riecht hier irgendwie nach Rauch. Sag mal, Sams: Du hast doch nicht etwa eine Zigarette geraucht, während ich weg war!«

Das Sams musste sehr lachen. »So eine dumme Idee«, rief es. »Ich rauche doch keine Zigaretten! Wo hätte ich die überhaupt herbekommen sollen?«

Herr Mon sagte: »Ich rieche nichts davon.«

»Wirklich nicht?«, fragte Herr Taschenbier.

»Nein«, sagte Herr Mon. »Vielleicht wirkt mein Schnurrbart wie ein Filter und reinigt die Luft, die ich einatme.« Er lachte.

Das Sams fragte: »Onkel Mon, warum kommst du an einem normalen Abend zu uns? Gibt es was zu feiern?«

»Mein Freund Taschenbier hat mich zufällig unterwegs getroffen. Ja, das hat er«, sagte Herr Mon. »Und hat uns zum Abendessen eingeladen. Einfach so.«

»Uns?«, fragte das Sams.

»Na, mich und Herrn Kules«, sagte Herr Mon. »Ich werde doch nicht ohne meinen Papagei irgendwohin gehen. Nicht wahr, Herr Kules?«

Er streichelte dem Papagei auf seiner Schulter über die Federn. Das schien dem Vogel zu gefallen. Er

krächzte gleich zweimal sein »Herr Kules, Herr Kules«.
Herr Taschenbier sagte: »Ich habe meinen Freund Mon allerdings schon gewarnt. Es gibt nur eine große Schüssel Nudeln im Kühlschrank. Ich habe vorgeschlagen, dass wir sie zusammen mit Schinken aufbraten und drei Eier darüberschlagen. Aber Schinken hat er natürlich abgelehnt.«
»Ja, das habe ich. Kann man denn Tiere mögen wie ich und dann ihren Schinken essen? Nein, kann man nicht«, sagte Herr Mon zum Sams. Und zu Herrn Taschenbier sagte er: »Du kannst vielleicht eine Tomatensoße zu den Nudeln machen. Schmeckt immer gut.«
Herr Taschenbier hatte inzwischen die Kühlschranktür geöffnet. »He, wo ist denn die Schüssel mit den Nudeln?«, rief er. Er blickte sich in der Küchenecke um. »Da steht sie ja. Sie ist leer! Sams, kann es sein, dass du diesen riesigen Nudelberg allein aufge… aufgegessen hast?«
Beinahe hätte er gesagt: »aufgefressen«.
»Nein. Wir …«, fing das Sams an, merkte schnell, dass es sich beinahe verraten hätte, und stockte.
»Wir?«, fragte Herr Taschenbier.

»Wir Nudelkenner lieben Nachmittagsnudeln«, vollendete das Sams den angefangenen Satz.

»Nächtliche Nudeln kannst du vergessen,
besser ist's, nachmittags Nudeln zu essen.
Ich verrat ein Geheimnis,
sagt der Koch ganz vertraulich:
Nachmittagsnudeln sind leichter verdaulich.«

»Ja, das sind sie«, bestätigte Herr Mon. »Da hat dein Sams recht.«
»Hm. Bist du auch mit ein paar belegten Broten zufrieden?«, fragte Herr Taschenbier.
»Aber sicher. Das Sams kann ja beim Belegen helfen«, schlug Herr Mon vor. »Ja, das kann es.«
Wenig später saßen die drei am Tisch und ließen sich das Abendbrot schmecken.
»Onkel Mon, darf ich dich was fragen?«, sagte das Sams kauend.
»Iss erst deinen Mund leer, bevor du sprichst. Dann versteht man dich besser«, sagte Herr Taschenbier.
»Ja, ich weiß!«, sagte das Sams ungeduldig. »Das hab ich doch schon mal gedichtet:

Ist mit Essen voll dein Mund,
gibt's zum Sprechen keinen Grund.
Ist der Mund dann wieder leer,
kannst du sprechen, bitte sehr!«

»Was willst du denn fragen?«, wollte Herr Mon wissen.
»Du kennst dich doch gut mit Tieren aus. Was weißt du über Drachen?«, fragte das Sams.
»Drachen?«, wiederholte Herr Mon. »Wie kommst du auf Drachen?«
»Wahrscheinlich deswegen, weil wir einen Drachen kaufen wollen, wenn der Drachenladen wieder geöffnet ist«, vermutete Herr Taschenbier.
»Nein, ich meine echte Drachen!«, sagte das Sams.
Herr Mon schüttelte den Kopf. »Echte Drachen gibt es nicht«, antwortete er. »Drachen sind Sagentiere. Ja, das sind sie. Schon vor fünftausend Jahren, also lange vor den alten Griechen und Römern, hat man Drachen dargestellt. Überall in der Welt kennt man Geschichten von Drachen. In Asien, in Europa, sogar auf den Südseeinseln.«
»Das wusste ich auch noch nicht«, sagte Herr Taschenbier.

»Der Drache in den europäischen Geschichten ist grimmig und böse«, erzählte Herr Mon weiter. Er erzählte offensichtlich gerne von Drachen und schien auch viel darüber zu wissen. »Der Held Siegfried tötete den gefährlichen Drachen, der heilige Georg ebenso. Anders der chinesische Drache!«

»Wie ist der denn?«, wollte das Sams wissen.
»Er ist stark, beschützt die Menschen und bringt ihnen Glück. Ja, das bringt er ihnen«, sagte Herr Mon. »In den Sagen wohnt er sogar als Glücksdrache in den Häusern der Menschen.«
»In den Häusern der Menschen? Das ist schön von ihm.« Das Sams freute sich.

»Er hat allerdings eine nicht so schöne Eigenschaft«, sagte Herr Mon.
»Welche denn?«, wollte das Sams wissen.
»Er bleibt nicht lange. Irgendwann verschwindet er. Oft gerade dann, wenn sich die Menschen an ihn gewöhnt haben und an das Glück, das er ihnen gebracht hat.«
»Er geht weg?«, fragte das Sams. »Wohin geht er denn?«
»Das wird in den alten Geschichten nicht erzählt«, sagte Herr Mon, der sich mit Drachen wirklich gut auskannte. »Am Abend ist er noch da, erzählt man sich in China, und am Morgen ist er spurlos verschwunden. Ja, so ist es.«
»Schade«, sagte das Sams. »Ist das bei allen Drachen so? Auch zum Beispiel bei blauen Drachen?«
Herr Mon lachte. »Das kann ich dir nicht sagen. Weil es nämlich keine blauen Drachen gibt. Nicht mal im Märchen. Drachen sind immer grün oder braun. Manchmal sogar golden.«
»Vielleicht nicht alle«, sagte das Sams. »Ich kann mir einen blauen Drachen sehr gut vorstellen.«
»Was glaubst du, wie ich mich freuen würde, wenn ich einem echten Drachen begegnen würde. Und

wenn der dann auch noch blau ist – das wäre vielleicht ein Erlebnis! Ja, das wäre eines«, schwärmte Herr Mon.
Herr Taschenbier hatte erstaunt dem langen Drachen-Gespräch gelauscht.
»Du kannst dir ja einen blauen Drachen aussuchen, wenn Herr Hespeler wieder da ist«, sagte er zum Sams. »Wenn dir blaue Drachen so gut gefallen.«
Der Papagei war inzwischen von Herrn Mons Schulter geflattert und marschierte jetzt durchs Zimmer.
Das Sams sah aus den Augenwinkeln, dass sich der Vogel dem Bett gefährlich näherte, unter dem Ralfer versteckt war. Es sprang von seinem Sitz auf. Gerade betrachtete Herr Kules mit schief gehaltenem Kopf einen schmalen Spalt zwischen der Überdecke und dem Bettpfosten.
Er schien da etwas zu riechen oder zu sehen. Dann

machte er ein paar kleine Hüpfer und verschwand hinter dem Deckenvorhang.
Das Sams sprang auf, um den Papagei zurückzuholen.
Im selben Augenblick hörte man ein erschrockenes Krächzen, und der Papagei kam aus der Deckenhöhle herausgestürzt.
»Komisch: Jetzt riecht es wieder nach Feuer oder Rauch«, sagte Herr Taschenbier.
»Ich glaube, du täuschst dich«, sagte das Sams schnell. »Wo sollte es denn hier im Zimmer rauchen!«
Herr Mon fragte sich: »Was hat Herr Kules wohl unter dieser Decke gesucht?«
»Er wollte bestimmt da hinunter, weil es dort dunkel ist«, sagte das Sams. »So ist es! Herr Kules sucht die Dunkelheit, denn jetzt ist seine Schlafenszeit. Er ist müde und will schlafen.«
»Du kannst recht haben«, sagte Herr Mon. »Herr Kules ist auch schon lange wach. Es ist Zeit, dass wir uns verabschieden und ich ihn in seinen Käfig setzen kann. Komm, Herr Kules!«
Er fing den Papagei ein und setzte ihn auf seine Schulter.

Aber nun schnüffelte Herr Mon. »Das ist es!«, rief er dann. »Jetzt weiß ich, wo der Rauchgeruch herkommt! Herr Kules riecht angesengt!«
»Das kann nicht sein!«, sagte das Sams schnell.
»Wieso denn angesengt?«, fragte Herr Taschenbier.
»Es kommt bestimmt daher, dass Herr Kules und ich einen Besuch bei Oma Ludmilla gemacht haben, bevor wir dich getroffen haben«, sagte Herr Mon.
»Oma Ludmilla?«, fragte Herr Taschenbier.
»Wer ist das denn?«, fragte das Sams.
»Das ist meine Nachbarin. Sie lebt allein und fühlt sich ein bisschen einsam. Deshalb treffe ich mich manchmal mit ihr. Wir trinken schwarzen Tee mit Milch, essen Haferkekse und machen ein Kreuzworträtsel-Duell.«
»Duell? Wie geht das?«, fragte Herr Taschenbier.
»Wir haben beide das gleiche Rätsel vor uns auf dem Tisch und einen Bleistift in der Hand. Wenn Oma Ludmilla ›Los!‹ ruft, beginnen wir beide, das Kreuzworträtsel zu lösen. Wer zuerst alle Kästchen ausgefüllt hat, ruft ›Stopp!‹. Dann wird gezählt, wie viele Kästchen beim anderen noch leer sind. So viele Zehn-Cent-Münzen muss der oder die dann in die Gemeinschaftskasse einzahlen. Wenn die

Kasse voll ist, kaufen wir davon neue Haferkekse. Die essen wir beide gleich gern.«

»Und wer von euch beiden gewinnt?«, fragte das Sams.

»Meistens Oma Ludmilla. Sie löst nämlich nicht nur mit mir zusammen diese Rätsel, sondern auch, wenn sie alleine ist«, sagte Herr Mon. »Wenn es um Wörter aus drei Buchstaben geht, ist sie unschlagbar.«

»Und was hat das mit dem Rauchgeruch zu tun?«, fragte Herr Taschenbier.

»Na, Oma Ludmilla raucht ständig ihre selbst gedrehten Zigaretten, während wir spielen«, erzählte Herr Mon. »Wenn ihr gerade kein Wort einfällt, macht sie einen besonders tiefen Zug. Angeblich fördert das ihr Gedächtnis. Dann steigt eine Rauchwolke aus ihrem Mund auf, dass man denken könnte, der Ätna raucht.«

Weil das Sams ein fragendes Gesicht machte, fügte er hinzu: »Das ist ein Vulkan auf der Insel Sizilien.«

»Gut, dass wir jetzt wissen, weshalb es hier ein bisschen angesengt gerochen hat«, sagte das Sams. »Gute Nacht, Onkel Mon. Gute Nacht, Herr Kules.«
»Wünsche ich euch auch eine gute Nacht? Ja, das wünsche ich«, sagte Herr Mon, verabschiedete sich auch von seinem Freund Taschenbier und ging.
Später, als das Sams schon im Bett lag, beugte es den Kopf aus dem Bett und flüsterte: »Ralfer, hörst du mich?«
»Ja«, flüsterte der Drache von unten zurück.
»Was hast du eigentlich mit dem Papagei gemacht, als er zu dir unters Bett kriechen wollte?«, fragte das Sams.
»Ach, nichts Besonderes«, flüsterte der Drache.
»Ich habe ihm nur eine seiner Schwanzfedern ein kleines bisschen angesengt. Er war gerade dabei, mit dem Schnabel die Decke wegzuziehen.«
»Hab ich mir schon gedacht!«, flüsterte das Sams.
»Hast du oberhochbestens gemacht!«
»Danke«, flüsterte der Drache.
»Gute Nacht, Ralfer. Schlaf gut!«
»Gute Nacht, Sams«, flüsterte der Drache zurück.
Kurz danach waren beide eingeschlafen.

Um eine Schnur gut aufzuwinden, muss man ihren Anfang finden.

Am nächsten Morgen, als das Sams mit Herrn Taschenbier gefrühstückt hatte und der ins Büro gegangen war, hob das Sams die Decke vor dem Bett hoch und rief: »Kannst rauskommen, Ralfer!« Der Drache schob sich heraus. »Du hättest unter deinem Bett ruhig mal sauber machen können«, sagte er. »Schau mich an: Ich bin völlig eingestaubt.«

»Stimmt. Du siehst eher grau als blau aus«, gab das Sams zu, holte den Staubsauger und stellte ihn an. Fast gleichzeitig schrie der Drache erschrocken auf, flatterte in die Höhe und schoss von oben einen heftigen Feuerstrahl auf den Staubsauger.

»He, Ralfer! Spinnst du?«, rief das Sams. »Jetzt hast du den Staubsauger kaputt gemacht!«
»Du kannst mich doch nicht so erschrecken!«, sagte der Drache. »Was ist das für ein brummendes Monsterding?«
»Du meinst: Was *war* das für ein Monsterding! Denn jetzt brummt es nicht mehr.«
»Was wolltest du damit?«, fragte der Drache. »Mir einen Schreck einjagen?«
»Das ist ein Staubsauger. Ich wollte damit unter dem Bett sauber machen«, sagte das Sams. »Papa

Taschenbier wird sich wundern, weil unser Staubsauger jetzt nur noch einen halben Schlauch hat. Der Rest ist auch noch angekohlt, und alles stinkt nach Gummi.«

»Tut mir leid, dass ich den Saugstauber angebrannt habe«, sagte der Drache.

Dem Sams gefiel das Wort so gut, dass es trotz seines Ärgers gleich reimen musste:

> *»Der Staubsauger sagt zum Saugstauber:*
> *Wenn wir saugen, wird der Staub sauber.«*

Der Drache überlegte. »Du hast doch diese Maschine, die gemacht hat, dass ich ein R sprechen kann.«

»Stimmt«, sagte das Sams. »Die Wunschmaschine. Ich werde wünschen, dass der Staubsauger wieder ganz ist.«

»Musst du dabei wieder auf diese Stühle klettern?«, fragte Ralfer. »Warum wünschst du dir keine Leiter?«

»Eine Leiter?« Das Sams musste lachen. »Um eine Leiter zu wünschen, muss ich aber erst mal auf die Stühle klettern. Dann bin ich ja sowieso schon oben.«

Es schob wieder den Schreibtischstuhl an den Schrank, stellte den zweiten Stuhl obendrauf, und kletterte hoch.
Oben stellte es die Maschine an.
Ralfer schaute von unten zu und rief: »Sams, wenn du schon beim Wünschen bist, dann könntest du auch gleich eine Drachenschnur wünschen! Dann müssen wir nicht warten, bis der Drachen-Verkauf-Mann aus den Ferien zurück ist.«
»Eine sehr gute Idee«, lobte das Sams. Es hielt den Mund nahe an den Trichter und sagte: »Ich wünsche, dass der Staubsauger wieder einen langen Schlauch hat.«
Es beugte sich vor, um nach dem Staubsauger zu sehen.
Der Stuhlturm fing an zu schwanken.
Auch Ralfer drehte sich zum Staubsauger um und schaute staunend zu, wie aus dem Staubsauger-Gehäuse ein sauberer silberner Staubsauger-Schlauch wuchs, länger und länger wurde, bis er schließlich gegen die Wand stieß und aufhörte zu wachsen.
Inzwischen schwankte der Stuhlturm so stark, dass sich das Sams gerade noch am Rand des Schrankes

festkrallen konnte. Als es spürte, dass es sich nicht mehr halten konnte, rief es noch im Fallen der Maschine zu: »Ich wünsche mir eine lange Schnur!«
Und schon landete es mit einem Plumps und einem »Aua!« auf dem Boden.
Im selben Moment sprang die Schranktür mit einem Knall auf, ein riesiges Schnurknäuel schoss ins Zimmer, und das Sams saß in einem Gewirr von Schnüren wie in einem riesigen Wollknäuel.
»Die Wunschmaschine liebt wohl die Abwechslung«, stellte das Sams fest, während es versuchte, sich aus

dem Schnurgewirr zu befreien. »Mal kommt das Gewünschte aus dem Trichter, mal von der Decke und jetzt aus dem Schrank.«

Ralfer war schnell zur Seite gehüpft, als das Schnurgeschoss geflogen kam. Jetzt schaute er zu, wie das Sams langsam unter dem Schnurberg hervorkroch. Er fand es wohl lustig, denn er grinste über sein ganzes langes Maul.

»Du musst erst mal nach dem Schnurende suchen!«, riet er dem Sams.

»Oder nach dem Schnuranfang«, sagte das Sams. Es rieb sich das Hinterteil, denn es war beim Sturz vom Stuhlturm auf dem Po gelandet. »Was bei einer Schnur eigentlich dasselbe ist. Ende oder Beginn, beides hat Sinn!«

Endlich hatte es ein Ende der Schnur gefunden und begann, daran zu ziehen.

Ralfer schaute kopfschüttelnd zu. »Du musst die Schnur um irgendwas wickeln!«, schlug er vor. »Sonst verwirrt sie sich immer wieder.«

»Stimmt«, sagte das Sams. »Vielleicht wickle ich sie um dich?«

»Um mich? Nein, das darfst du nicht!«, rief Ralfer.
»War doch ein Witz!«, beruhigte das Sams ihn.
»Ich wickle sie am besten um einen Kochlöffel.«
»Es muss aber ein großer sein. Ich schätze, die aufgewickelte Schnur wird so groß sein wie ein Kissen«, sagte Ralfer.
»Da werde ich wohl die Rotkohl fragen müssen«, sagte das Sams. »Wir haben nur einen Kochlöffel, und der ist klein.«
Es ging über den Flur und klopfte an Frau Rotkohls Tür.
»Herein!«, rief sie von drinnen.
Das Sams kam ins Zimmer.
»Na, wenigstens hast du diesmal angeklopft«, sagte Frau Rotkohl.
»Ja, das habe ich«, sagte das Sams. »Ich habe deine freundlichen, hilfreichen, oberüberguten Ratschläge niemals nicht vergessen und kann sie immer noch hersagen. Achtung!«
Es reimte:

»Ruft jemand drinnen laut ›Herein‹,
dann öffne ich die Tür
und trete in das Zimmer ein.

Drinnen mach ich dann im Nu
hinter mir die Türe zu.«

Frau Rotkohl sagte: »Wenn du so brav tust und mir auch noch schmeichelst, dann willst du ganz bestimmt etwas von mir. Stimmt's?«
»Irgendwie stimmt es sozusagen gewissermaßen«, gab das Sams zu. »Wenn nicht sogar tatsächlich oder ganz bestimmt.«
»Aha«, machte Frau Rotkohl. »Und was soll es diesmal sein? Wieder eine Schnur?«
»Nein, die Schnur habe ich bereits«, sagte das Sams. »Jetzt brauche ich einen möglichst großen Kochlöffel.«
»Willst du ein Mittagessen für deinen Herrn Taschenbier kochen?«, fragte sie.
»Nein«, antwortete das Sams. »Will ich nicht.«
»Was dann? Lass dir doch nicht jedes Wort aus der Nase ziehen!«
»Aus meiner Nase ziehen?«, fragte das Sams. »Das erinnert mich an das tieftraurige Lied vom Hasen, dem man ein Wort aus der Nase gezogen hat.«
»Davon habe ich noch nie etwas gehört«, sagte Frau Rotkohl.

»Dann ist es höchste Zeit, dass du es kennenlernst«, sagte das Sams und begann zu singen:

»Es war einmal ein Hase,
dem zog man ein Wort aus der Nase
und schob es schnell in die Vase.
Man dachte, es sei da gut versteckt,
doch leider wurde es entdeckt,
und zwar von einem Hasensohn.
Der steckte es ins Lexikon
und dort auf Seite sieben.
Ganz traurig steht das Wort nun dort.
Denn lieber wär das arme Wort
in der Hasennase geblieben.«

»Sehr rührend. Ich kann die Tränen kaum zurückhalten«, sagte Frau Rotkohl. »Und jetzt muss ich mir wahrscheinlich noch das Lied vom Kochlöffel anhören, ja?«
»Auf Kochlöffel reimt sich leider nur Schochgröffel«, sagte das Sams. »Und das Schochgröffel-Lied singe ich lieber nicht. Es ist einfach zu unanständig. Aber ich kann es dir ja auch ganz ungereimt sagen: Den Kochlöffel brauche ich zum Schnur-Aufwickeln.«
»Ach, da hast du wohl inzwischen eine Drachenschnur«, sagte Frau Rotkohl. »Hast du denn auch einen Drachen?«
»Irgendwie schon«, sagte das Sams.
»Ist Herr Hespeler also wieder da?«, fragte sie.
»Wahrscheinlich nicht«, sagte das Sams.
»Nicht? Wo hast du dann den Drachen her?«, wollte sie wissen.
Jetzt musste dem Sams eine gute Ausrede einfallen!
»Also …«, fing es an.
»Also?«, wiederholte sie.
»Also, es ist so: Den Drachen von Herrn Hespeler habe ich noch nicht. Aber ich kann ja schon mal die Drachenschnur vorbereiten. Auch wenn ich den Drachen noch nicht habe.«

»Ja, das kannst du«, sagte sie. »Obwohl ich mich frage, woher du die Schnur hast, wenn der Drachenladen noch geschlossen ist? Hat dir dein Papa Taschenbier woanders eine Schnur gekauft?«

»Stimmt. Die Schnur ist irgendwie von woanders hergekommen«, sagte das Sams.

»Na gut. Dann kannst du meinetwegen einen von meinen Kochlöffeln haben. Ist aber nur geliehen, nicht geschenkt!«

»Danke, Madam Rotköhlchen«, sagte das Sams ganz höflich und ging mit dem großen Kochlöffel aus der Küche.

»Rotköhlchen? Das will ich nicht gehört haben!«, rief Frau Rotkohl ihm nach.

»Entschuldigung, ich wollte Rotkehlchen sagen«, rief das Sams zurück.

»Das nächste Mal bekommt dieses Sams keinen Kochlöffel mehr von mir«, murmelte Frau Rotkohl, während sie die Küchentür schloss. »Ich bin immer viel zu gutmütig.«

Wird es dem Sams und Ralfer glücken, Frau Rotkohl aus dem Haus zu schicken?

Und? Hast du den Löffel?«, fragte Ralfer, als das Sams ins Zimmer kam.
»Ja, hab ich«, sagte das Sams. »Jetzt kann ich die Schnur aufwickeln.«
»Hast du nicht was vergessen?«, fragte der Drache.
»Vergessen? Was denn?«, fragte das Sams zurück.
»Du hast gegessen, dein Papa Taschenbier hat gegessen. Aber du hast vergessen, dass auch Drachen gerne was essen«, sagte Ralfer.
»Du kannst ja reimen!«, staunte das Sams.
»Das lernt man schnell, wenn man mit dir zusammen ist«, sagte der Drache.

»Du hast Hunger?«, fragte das Sams.
»Ja. Seit den Nudeln gestern gab's für mich nichts zu essen«, sagte Ralfer.
»Komm mal mit zum Kühlschrank«, sagte das Sams. »Mal sehen, was so alles da ist.«
Der Drache watschelte auf allen vieren hinter dem Sams her in die Küchenecke. Dort stellte er sich gespannt auf die Hinterbeine und stützte sich auf dem Schwanz ab. So war er fast so groß wie das Sams.
Das Sams öffnete die Kühlschranktür und zählte auf, was es darin entdecken konnte:
»Milch!«

»Mag ich nicht«, sagte Ralfer.
»Zwiebeln!«
»Kenne ich nicht«, sagte Ralfer.
»Joghurt!«
»Was ist das denn?«, fragte Ralfer.
»So was Ähnliches wie dicke Milch«, sagte das Sams, das es auch nicht besser wusste. »Dann haben wir hier noch Butter.«
»Muss nicht sein«, sagte Ralfer.
»Eier!«
»Ich bin doch kein Huhn.«
»Grüne Paprika und zwei rote Chilis!«
»Sehr gut. Chili ist schön scharf. Das heizt mein inneres Feuer an!« Ralfer war begeistert.
»Na schön. Dann bekommst du zum Frühstück Paprika und Chili. Einverstanden?«, fragte das Sams. »Ich schneide sie dir auf und mache die Kerne raus.«
»Aber die Kerne sind doch gerade das Beste«, sagte Ralfer. »Die sind am schärfsten.«
»Wenn du meinst!«, sagte das Sams, schnitt die Gemüsefrüchte in Scheiben und servierte sie dem Drachen auf einem großen Teller. »Magst du ein Stück Brot dazu?«

»Brot muss nicht sein«, sagte Ralfer. »Aber wenn du etwas Meerrettich findest, sag ich nicht Nein.«
Das Sams schaute sich noch mal im Kühlschrank um und fand tatsächlich ein halb volles Glas mit Meerrettich.
»Mal sehen, ob der noch gut ist. Papa achtet nicht immer auf das Verfallsdatum. Muss man ja auch nicht unbedingt. Wenn oben eine dicke grüne Schimmelschicht drauf ist, weiß man, dass der Verfall erreicht ist«, sagte es, steckte den Finger ins Glas und leckte ihn ab. Es schüttelte sich: »Mann, ist das Zeug scharf!«
»Scharf? Wie schön!«, freute sich der Drache, kippte gleich den ganzen Inhalt des Glases über die Paprika- und Chilistücke und begann genüsslich zu essen.
»Musst du nicht auch trinken?«, fragte das Sams.
»Was trinken Drachen?«
»Wasser«, sagte Ralfer. »Aber nur ein Mal in der Woche.«
Das Sams holte den großen Kochtopf unten aus dem Küchenschrank, füllte ihn fast bis zum Rand mit Wasser und stellte ihn vor Ralfer auf. Der steckte seine ganze Schnauze in den Eimer und saugte. Gleich darauf war der Topf halb leer.

»Genug für diese Woche«, sagte der Drache zufrieden, griff nach einer Serviette, wischte sich ein paar Wassertropfen von der Nase, rülpste dann einen kleinen Feuerstrahl und sagte: »So, jetzt können wir deine Schnur aufwickeln.«

Gemeinsam schauten sie sich den Schnurhaufen in der Zimmermitte an. Das Sams zog das Schnurende heraus.

»Du musst die Schnur mit einem Knoten am Kochlöffel festbinden«, schlug Ralfer vor. »Und dann immer mehr Schnur aus diesem Schnurberg herausziehen und um den Kochlöffel wickeln.«

Das tat das Sams. Es dauerte fast den Rest des Vormittags. Der Schnurberg wurde niedriger und niedriger. Die Schnurrolle um den Kochlöffel wurde immer mächtiger.

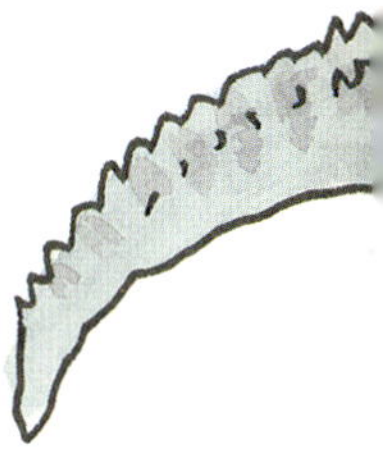

Schließlich hatte das Sams die ganze Schnur aufgerollt. Die Rolle war so dick wie das Kopfkissen im Samsbett. Genau, wie es Ralfer vermutet hatte.

»Und jetzt?«, fragte das Sams.

»Jetzt lässt du mich steigen«, sagte der Drache.

»Ich freue mich schon aufs Fliegen.«

Er wackelte mit seinen Flügeln.

»Wie mache ich die Schnur an dir fest?«, fragte das Sams. »Um deinen Hals?«
»Nee, da erwürgst du mich ja, wenn der Wind an mir zieht«, sagte Ralfer. »Du musst drei Schnüre abschneiden und eine um meinen Hals, eine um meinen Bauch und eine um mein Hinterteil binden. Aber nicht sehr eng.«
Das Sams holte die Schere aus einer Schublade und schnitt die Schnüre ab. Danach band es drei Schlingen um den Drachen, wie es Ralfer erklärt hatte. »Und jetzt?«, fragte es dann.
»Jetzt verbindest du die drei Schlingen mit noch mal drei Schnüren und knotest die ganz lange Schnur daran fest. Wenn du dann an der langen Schnur ziehst, müssen die drei Schlingen gleich gespannt sein. Ja, so ist es richtig. Ich spüre es«, sagte Ralfer.
»Und jetzt?«, fragte das Sams noch einmal.
»Jetzt trägst du mich ins Freie und lässt mich steigen!«
Das Sams überlegte. »Die Kinder draußen dürfen aber nicht sehen, dass du lebendig bist. Du musst dich ganz steif machen. So, als wärst du aus Plastik oder Kunststoff oder so was. Und die Augen musst du auch zuhaben.«

»Dann kann ich ja gar nicht sehen, wo ich hinfliege«, sagte Ralfer.
»Wenn du oben in der Luft bist, kannst du die Augen meinetwegen wieder aufmachen«, sagte das Sams. »Das sehen die Kinder von unten nicht. Es gibt aber noch ein problematisches Problem.«
»Problem?«, fragte Ralfer.
»Ja. Wenn du erst draußen deine Flügel breit machst, sehen die Kinder, dass du sie bewegen kannst. Du musst deine Flügel schon hier im Zimmer auffalten, und ich muss dich so nach draußen tragen.«
»Wenn ich meine Flügel breit mache, passe ich gar nicht durch die Tür«, sagte Ralfer.
»Du hast recht – warum ist diese dummdoofe Tür auch unnormal schmal und nicht meilenweit breit!«, schimpfte das Sams.
»Wenn du mich hochkant nimmst, geht es vielleicht«, sagte Ralfer.
»Hochkant?«
»Ja. Ein Flügel steht nach oben, der andere nach unten.«
»Und wie kriege ich dich aus der Haustür, ohne dass die Rotkohl dich sieht?«, fragte das Sams.

»Am besten, wir warten, bis diese Frau Rotkohl nicht im Haus ist«, schlug Ralfer vor.
»Sie geht manchmal einkaufen«, sagte das Sams. »Aber wir können nicht warten, bis sie aus dem Haus ist. Vielleicht kauft sie heute sowieso nicht ein. Wir müssen sie aus dem Haus locken.«
»Locken? Wie lockt man denn?«
Das Sams überlegte. Dann hatte es eine Idee. »Mit einem Telefongespräch. Genau! Wir rufen sie an«, sagte es. »Das musst aber du machen. Meine Stimme erkennt sie.«
»Was muss ich machen?«, fragte Ralfer.
Das Sams erklärte ihm seinen Plan.
»Ich halte dir den Hörer ans Ohr«, sagte es. »Du musst versuchen, ganz tief zu sprechen. Wie ein Erwachsener.«
»An welches Ohr?«, fragte Ralfer und lachte.
Das Sams schaute ihn aufmerksam an. »He, du hast ja gar keine Ohren. Das ist mir bis jetzt gar nicht aufgefallen. Aber du hörst doch, was ich sage!«
»Ich höre durch die Haut«, sagte Ralfer und zeigte mit dem Vorderfuß auf eine Stelle hinter seinem Auge. »Genau da.«
»Gut, dann machen wir es jetzt ganz nach meinem

Plan«, sagte das Sams, ging zum Telefon und wählte die Nummer von Frau Rotkohl.
Sie hörten, wie drüben Frau Rotkohls Telefon klingelte. Das Sams hielt Ralfer den Hörer an den Kopf. Gleich darauf meldete sie sich: »Ja, hier Rotkohl!«
Das Sams nickte dem Drachen aufmunternd zu.
Ralfer sagte mit tiefer Stimme: »Spreche ich mit Frau Rotkohl?«

Sie sagte: »Dumme Frage. Ich habe mich doch gerade mit meinem Namen gemeldet. Mit wem sollten Sie sonst sprechen. Was gibt's?«
»Hier ist das Kaufhaus Krone«, sagte Ralfer. »Bei uns ist ein Päckchen für eine Frau Rotkohl hinterlegt worden.«
»Was für ein Päckchen? Ich weiß nichts von einem Päckchen«, sagte sie.
»Es scheint ziemlich wertvoll zu sein. Es ist sehr sorgfältig verpackt«, sagte Ralfer ins Telefon.
»Wenn Sie kein Interesse haben, können wir es ja zurücksenden. Ich kann es heute Abend unserem Fahrer mitgeben.«
»Vielleicht ist es ja gar nicht für mich?«, sagte sie.

»Vielleicht gibt es noch jemanden, der so heißt. Steht ein Vorname dabei?«
Ralfer flüsterte dem Sams zu: »Wie heißt denn die Rotkohl mit Vornamen?«
»Annemarie«, flüsterte das Sams zurück.
»Was ist? Warum antworten Sie nicht?«, kam die Stimme von Frau Rotkohl aus dem Hörer.
»Ich musste erst auf dem Päckchen nachsehen«, behauptete Ralfer. »Hier steht Annemarie Rotkohl.«
»Dann ist es wirklich für mich. Ich komme dann mal gleich vorbei«, sagte sie und legte auf.
Das Sams und der Drache lauschten hinter der Tür. Gleich darauf hörten sie, wie Frau Rotkohl das Haus verließ.

Frau Rotkohl kommt beglückt zurück, auch Taschenbier hat heute Glück.

So, jetzt sind wir dran!«, sagte das Sams und schleppte schwer atmend den Drachen durch die Tür ins Freie.
Als das Sams mit seinem Drachen bei der Wiese ankam, standen bald alle Kinder neugierig um das Sams und seinen blauen Drachen herum.
Sie wussten nicht, über wen sie mehr staunen sollten: über das rothaarige Kind im Taucheranzug oder über seinen Drachen.
»Der Kunststoff von deinem Drachen sieht so was von echt aus«, sagte einer der Jungen. »Soll das ein Krokodil sein? Darf ich es mal anfassen?«

»Lieber nicht«, sagte das Sams. »Der Kunststoff ist sehr dünn. Die Gummihaut kann leicht platzen.«
»Wo hast du denn das blaue Krokodil her?«, fragte ein anderer Junge.
»Unverschämtheit! Die sagen Krokodil zu mir!«, flüsterte Ralfer dem Sams zu.
»Pssst! Sei doch leise!«, flüsterte das Sams zurück. Laut sagte es: »Das soll kein Krokodil sein, sondern ein Flugdrache.«
Ein anderer fragte: »Hast du ihn mit dem 3-D-Drucker gemacht?«
Das Sams hatte keine Ahnung, was das sein sollte. Es antwortete: »Ja, er kommt sozusagen gewissermaßen aus der Maschine.«
»Mann, das ist wirklich ein toller Drachen«, sagte ein Mädchen anerkennend. »Jetzt sind wir aber gespannt, ob er wirklich steigt. Es ist nämlich gerade Windstille. Mein Drachen steigt gar nicht.«
»Meiner auch nicht. Keine Chance!«, sagte ein Junge.
»Dieses Krokodil ...«, fing ein anderer Junge an.
Das Sams unterbrach ihn: »Dieser Drache, äh – Drachen wolltest du sagen!«

»Er sieht jedenfalls ziemlich schwer aus! Da muss wirklich ein starker Wind wehen, bevor der steigt.«
Das Sams rollte ein großes Stück Schnur von der Kochlöffel-Rolle ab, legte seinen Drachen flach auf den Boden, hielt den Kochlöffel an beiden Enden und rannte los.
Der Drache erhob sich schwankend vom Boden und stieg ein paar Meter in die Luft.
»Er fliegt jedenfalls«, stellte eines der Mädchen fest.

»Aber nur, solange dieses rothaarige Kind fest an der Schnur zieht«, sagte ein Junge.
Er hatte recht. Als das Sams das Ende der Wiese erreicht hatte und stehen blieb, hielt sich sein Drachen nicht in der Luft, sondern trudelte langsam zu Boden.
»Hab ich doch gleich gesagt, dass der nicht steigt«, behauptete das Mädchen.
Das Sams hob seinen Drachen vom Boden auf, klemmte ihn sich unter den rechten Arm, legte die Schnurrolle auf ihm ab, hielt ihn mit der linken Hand fest, und verschwand wortlos mit ihm durch die Haustür. Drinnen stellte es schwer atmend den Drachen auf die Füße und sagte: »So, jetzt kannst du ja allein gehen.«
Kaum hatten sie die Zimmertür hinter sich geschlossen, kam Frau Rotkohl aus der Stadt zurück.
»Das war knapp«, sagte Ralfer. »Beinahe hätte sie mich gesehen.«
»Sei mal still!«, flüsterte das Sams. Es hielt das Ohr an die Tür und lauschte.
»Hast du das auch gehört?«, fragte es. »Sie hat vor sich hin gesungen! Die Rotkohl hat gesungen. Nicht zu glauben!«

Dann wandte es sich Ralfer zu und sagte: »So, jetzt muss ich dich erst mal von deinen Schnüren befreien. Ich suche mal die Schere.«
»Nicht nötig«, sagte Ralfer und durchtrennte mit einem gezielten Feuerstoß die große Schnur, an der er immer noch hing.
»Und die drei Schlingen um dich herum?«, fragte das Sams.
»Die lassen wir für morgen«, sagte Ralfer.
»Für morgen?«
»Ja, wenn du mich dann steigen lässt«, sagte Ralfer. »Morgen weht nämlich ein starker Wind.«
»Woher willst du das wissen?«, fragte das Sams.
»Drachen spüren so was im Voraus«, behauptete Ralfer. »Du musst bis dahin nur die Schnurrolle verstecken. Aber nicht unter dem Bett. Der Platz reicht kaum für mich.«
»Ich stecke sie einfach unter meine Bettdecke«, sagte das Sams, schob die Schnurrolle darunter und strich die Decke glatt.
»Und jetzt muss ich etwas trinken«, sagte Ralfer.
»Du hast doch gesagt, ein Eimer Wasser reicht für die ganze Woche!«, sagte das Sams, während es den großen Topf wieder mit Wasser füllte.

Ralfer trank ihn aus, wischte sich dann die Tropfen vom Maul und sagte: »Dann war das eben ein Vorrat für die nächste Woche.«
»Ich bin auch durstig«, sagte das Sams und schenkte sich einen Becher Wasser ein.
»Wir hocken auch die meiste Zeit hier im Zimmer herum«, sagte Ralfer.

»Wenn Drachen lang im Zimmer hocken,
ist ihr Maul bald ziemlich trocken«,
reimte das Sams.

»Das stimmt«, sagte Ralfer. »Mir wäre es aber lieber, wenn du nicht Maul, sondern Mund sagst.«
»Wieso? Tiere haben doch ein Maul, und du bist doch eines«, sagte das Sams.
»Aber nicht so ein gewöhnliches Tier wie ein Pferd oder ein Goldhamster. Schließlich bin ich ein Sagentier. Hast du selber gesagt!«
»Na gut. Ich verbessere mich«, sagte das Sams.

»Trockenheit ist ungesund
und auch der Grund
für deinen völlig trock'nen Mund.«

»Danke«, sagte Ralfer. »Und morgen sind wir wieder draußen an der Luft.«
»Darauf freue ich mich«, sagte das Sams.

Als Herr Taschenbier am frühen Abend aus dem Büro kam, stürzte Frau Rotkohl aus ihrer Tür und rief ihm zu, er solle mit in ihre Küche kommen. Herr Taschenbier folgte ihr zögernd. Er erwartete ein Schimpfkonzert. Es kam aber ganz anders.
Frau Rotkohl rief: »Herr Taschenbier, heute ist mein Glückstag! Sie dürfen mit mir ein Gläschen Sekt leeren!«
»Wie denn das? Sekt?«, fragte er verblüfft. Es war das erste Mal, dass ihn Frau Rotkohl zu einem Glas Sekt einlud. Er blieb in der Küchentür stehen und sagte: »Ich hätte Lust, auch *Sie* zu einem Glas Sekt einzuladen. Denn heute hatte auch ich einen glücklichen

Tag. Kommen Sie doch mit zu mir hinüber. Da sitzt man gemütlicher als in der Küche hier.«
Frau Rotkohl nahm eine Flasche Sekt aus dem Kühlschrank, dann zwei Gläser aus dem Regal und folgte Herrn Taschenbier in dessen Zimmer.
Das Sams hatte Herrn Taschenbier kommen hören und Ralfer schnell in sein Versteck unter dem Bett geschoben.
»Jetzt erzählen erst mal Sie, warum heute ein Glückstag ist«, forderte Herr Taschenbier Frau Rotkohl auf, als sie beide am Tisch saßen, jeder mit einem Glas Sekt vor sich.
»Erst bekam ich einen Anruf aus dem Kaufhaus«, erzählte sie. »Angeblich war ein Päckchen für mich abgegeben worden. Aber im Kaufhaus wusste man von nichts!«
»Das kann man nicht gerade als Glück bezeichnen«, sagte Herr Taschenbier.
»Ich habe mich auch erst geärgert. Dann habe ich gesehen, dass sie an der Kasse Rubbellose verkaufen, und habe mir zwei geben lassen. Zwei für einen Euro. Wenn ich schon mal da bin, habe ich gedacht.«
»Und dann?«, fragte Herr Taschenbier.

»Dann habe ich gerubbelt«, sagte sie.
»Ja, und?«, fragte er, ein wenig ungeduldig.
»Das eine Los war eine Niete!«
»Jetzt machen Sie es doch nicht so spannend!«, drängte er.
»Auf dem anderen Los stand: *Gewinn 250 Euro!* Ich ließ mir das Geld gleich auszahlen und habe die Flasche Sekt gekauft. Prost!« Sie stieß mit Herrn Taschenbier an.
»Da haben Sie wirklich Glück gehabt«, bestätigte Herr Taschenbier. »Meistens gewinnt man nichts bei diesen Losen.«
»Und jetzt müssen Sie mir erzählen, weshalb heute auch Ihr Glückstag ist«, forderte sie ihn auf.
»Es gibt eine gute Neuigkeit aus der Firma«, fing er an. »Ich hatte letzte Woche meinen Chef um eine kleine Gehaltserhöhung gebeten. Er sagte, er wolle sich das noch mal durch den Kopf gehen lassen. Das bedeutet normalerweise, dass er sie ablehnt.«
»Mich?«, fragte Frau Rotkohl.
»Nicht Sie! Die Gehaltserhöhung. Er kennt Sie ja gar nicht.«
Frau Rotkohl nickte. »Natürlich. Der Alkohol ist mir wohl ein wenig zu Kopf gestiegen.«

»Und heute kam er von ganz allein auf das Thema zurück«, erzählte Herr Taschenbier weiter.
»Ihr Chef, meinen Sie?«
»Ja, mein Chef. Und wissen Sie, was er sagte?«
»Woher soll ich das wissen?«
»Das können Sie nicht wissen, deshalb erzähle ich es Ihnen ja«, sagte Herr Taschenbier, füllte Frau Rotkohl noch mal das Glas und stieß mit ihr an. »Mein Chef sagte: Taschenbier, ich schätze Ihre Arbeit. Die Gehaltserhöhung ist genehmigt. Schauen Sie im nächsten Monat auf Ihr Konto, und Sie werden staunen!«
»Da hatten wir beide wirklich einen Glückstag«, bestätigte sie.
»Wenn wir in China wären, würde ich denken, mein Freund Mon hätte keine Märchen erzählt«, sagte Herr Taschenbier.
»Was hat er denn erzählt, Ihr Freund?«, fragte Frau Rotkohl. »Er ist übrigens ein ausgesprochen höflicher Mensch und grüßt immer sehr freundlich.«
»Er hat von den chinesischen Glücksdrachen erzählt. Sie wohnen bei einer Familie und bringen ihr Glück«, sagte Herr Taschenbier.
»Nun, wir beide hatten ja trotzdem Glück, obwohl

wir keinen Drachen im Haus haben«, sagte Frau Rotkohl.
Das Sams hatte die ganze Zeit im Sessel gelümmelt, die Beine über der Lehne, und dabei interessiert zugehört.
»Wenn Onkel Mon recht hätte, würde so ein Drache aber nicht nur Glück bringen, sondern auch plötzlich wieder weg sein«, sagte es nachdenklich.
Frau Rotkohl war gar nicht bei der Sache gewesen. Sie hatte etwas entdeckt. Sie stand auf, ging schwankend ein paar Schritte und betrachtete dann aufmerksam den Fußboden.
»Was ist das denn?«, fragte sie und zeigte nach unten.
Dort war der Brandfleck zu sehen, der entstanden war, als Ralfers Feuerstrahl die Nudelschüssel verfehlt hatte.
Herr Taschenbier kam zu ihr hin. »Ich weiß auch nicht«, sagte er. »Sieht aus, als sei der Boden hier ein bisschen dunkler.«
»Da hat jemand eine heiße Pfanne oder einen heißen Topf einfach auf den Boden gestellt. Und jetzt ist da ein Brandfleck!«, sagte sie. »Der Fleck muss weg!«

»Sie reimen ja wie ein Sams«, sagte Herr Taschenbier lachend. »Jetzt vergessen Sie doch mal den kleinen Fleck. Ich kriege den schon weg. Lassen Sie uns doch nicht die gute Stimmung verderben. Kommen Sie wieder zum Tisch. Ich schenke uns noch mal nach.«

Aber Frau Rotkohl wollte nicht. »Die Flasche ist sowieso leer«, sagte sie, nahm die Flasche und die beiden Gläser vom Tisch und ging zurück in ihre Wohnung. Herr Taschenbier hielt ihr die Tür auf, weil sie beide Hände vollhatte.

Etwas versöhnlicher sagte sie: »Sie können wahrscheinlich gar nichts dafür. Das war bestimmt wieder dieses freche Sams. Sie sollten es einfach besser erziehen. War trotzdem ein sehr netter Abend. Gute Nacht.«

»Gute Nacht«, antwortete Herr Taschenbier.

»Schlafen Sie gut.«

Erst wundert sich der Postmann sehr, dann wundert sich die Feuerwehr.

Ralfer hatte es richtig vorausgesagt: Am nächsten Morgen herrschte ein starker Wind, fast ein Sturm. Nachdem Herr Taschenbier ins Büro gegangen war, überlegten Ralfer und das Sams, wie sie unbemerkt an Frau Rotkohl vorbei und auf die Wiese kommen könnten.

»Heute müssen wir dich gar nicht mit ausgebreiteten Flügeln und hochkant nach draußen schaffen«, sagte das Sams.

»Warum nicht?«, fragte Ralfer.

»Jetzt sind alle Kinder in der Schule. Keiner sieht uns. Wir sind ganz allein auf der Wiese«, sagte das

Sams. »Aber wie kommen wir an Frau Rotkohls Küche vorbei, ohne dass sie uns sieht? Wenn die Küchentür zu ist, haben wir Glück. Aber wenn sie offen steht?«
»Warum klettern wir nicht einfach aus dem Fenster?«, fragte Ralfer.
»Gute Idee!«, sagte das Sams, nahm die Schnurrolle aus dem Bett und stieg aus dem Fenster.
Da die Wohnung im Erdgeschoss lag, war das nicht weiter schwierig. Von draußen half es dann Ralfer, der etwas mehr Mühe hatte, bis er schließlich neben dem Sams im Vorgarten stand.
Gemeinsam gingen sie bis zum Ende der Wiese.
Dort verknüpfte das Sams das Ende der Schnurrolle wieder mit den Schlingen, die der Drache noch an sich hatte.
»Und jetzt?«, fragte das Sams. Es blickte zurück.
Jetzt lag die ganze Wiese wie eine Startbahn vor ihnen.
»Du rollst die Schnur ein Stück ab, hältst den Kochlöffel an beiden Enden fest und rennst los!«, befahl Ralfer. »Wir haben Gegenwind. Besser könnte es nicht sein.«
Ralfer spannte die Flügel auf, zog sie aber schnell

ein Stück weit ein, sonst hätte der Wind ihn umgerissen.
»Sobald ich in der Luft bin, rollst du schnell immer mehr von der Schnur ab, immer mehr. Ich mache dann meine Flügel ganz breit. So steige ich höher und höher«, sagte der Drache. »Du musst den Kochlöffel mit der Schnur aber ganz festhalten. Sonst wird er dir aus der Hand gerissen, und dann würde ich fliegen, wo mich der Wind hinbläst. Das willst du doch nicht. Oder?«
»Natürlich nicht«, sagte das Sams. »Achtung, es geht los!«
Wie es ihm der Drache vorgeschlagen hatte, begann das Sams zu rennen. Ralfer stieg fast senkrecht nach oben, so stark blies der Wind. Das Sams musste sich an beiden Enden des Kochlöffels festklammern. Es schaffte es gar nicht, die Schnur weiter abrollen zu lassen. Ein heftiger Windstoß, fast eine Windböe, erfasste den Drachen und hob ihn gleich ein paar Meter höher.
Das Sams, das sich verzweifelt an der Schnurrolle festklammerte, wurde mit in die Höhe gerissen und hing nun drei, vier Meter über der Wiese am Kochlöffel. Ralfer drehte den Kopf und blickte sich nach

dem Sams um. Dadurch kam er ins Trudeln und wäre beinahe abgestürzt.
Er fing sich wieder, stieg aber weiter in die Höhe, das Sams an der Schnur.
»Halt dich fest! Lass nicht los!«, rief Ralfer. Er versuchte, auf der Wiese zu landen, wurde aber immer wieder vom starken Wind emporgerissen.
Um das Sams vor dem Absturz zu bewahren, steuerte er jetzt auf das Haus von Frau Rotkohl zu. Gleich darauf stieß er gegen das Dach.
Das Sams wurde unsanft auf die Dachziegel geschleudert, ließ die Schnurrolle los und klammerte sich fest.
Erschrocken blickte es sich um. Es saß auf halber Höhe des Daches. Wäre es abwärtsgerutscht, wäre es in der Dachrinne gelandet. Keine gute Idee! So kletterte es vorsichtig die Dachschräge hoch bis zum Dachfirst. Da oben saß es dann, ein Bein auf jeder Dachseite, und war erst mal gerettet. Trotzdem war ihm ziemlich mulmig zumute. Und da

man Angst am besten überwindet, indem man singt, begann es laut zu singen. Natürlich ein frisch gedichtetes Lied:

»Auf dem Dach, da sitzt normal
kein Haifisch, auch kein Buckelwal.
Aber Tauben oder Krähen
kann man oft hier sitzen sehen.
Ganz anders ist es aber jetzt:
Heut ist das Dach vom Sams besetzt.«

Der Drache hatte inzwischen mit einem gezielten Feuerstoß die Schnur zertrennt, die ihn an das Sams gebunden hatte. Der Kochlöffel mit der Schnurrolle landete irgendwo in den Nachbarsgärten.

Von doppelter Last befreit, stieg Ralfer in die Höhe und verschwand zwischen den schnell hinziehenden, windgejagten Wolken.

»Und wie komme ich jetzt vom Dach?«, fragte sich das Sams. »Vielleicht sollte ich nach der Rotkohl rufen? Aber die kann mich auch nicht runterholen.

Die Rotkohl bringt mich auch nicht weiter,
denn ihr fehlt die lange Leiter.«

Es musste auch gar nicht nach Frau Rotkohl rufen. Ein Postauto fuhr am Haus vorbei, der Fahrer schaute erschrocken nach oben, stoppte den Wagen und klingelte stürmisch bei Frau Rotkohl. Sie machte auf.

»Ja, bitte?«, fragte sie. »Bringen Sie mir das Paket, das für mich im Kaufhaus abgegeben werden sollte?«

Er antwortete nicht auf ihre Frage, sondern sagte aufgeregt: »Auf Ihrem Dach sitzt jemand!«

»Der Kaminkehrer?«, fragte sie.

»Kein Kaminkehrer. Ein Kind!«, sagte er.

»Ein Kind? Wie soll es da hinaufgekommen sein? Wollen Sie mich veralbern?«

»Schauen Sie doch selber nach, wenn Sie es nicht glauben«, sagte er.

Frau Rotkohl ging vors Haus.

»Na, sehen Sie!«, sagte der Mann. »Am besten, Sie rufen gleich bei der Polizei an.« Er stieg in das Postauto und fuhr weiter.

»Das … das ist ja das Sams!«, rief Frau Rotkohl.

»Was suchst du da oben auf dem Dach?«

»Ich suche überhaupt niemals nichts. Ich bin da gewissermaßen zufällig gelandet und gestrandet«, rief das Sams.
»Halt dich gut fest! Nicht dass du runterfällst und ich auch noch einen Krankenwagen rufen muss«, rief sie. »Ich hole mal lieber die Feuerwehr.«
Sie ging schnell ins Haus zurück, suchte nach dem Telefonbuch und wählte die Nummer der Feuerwehr.
Ein Feuerwehrmann meldete sich. »Hier ist der Notruf der Feuerwehr. Was gibt's?«
»Bei mir sitzt jemand auf dem Dach«, sagte Frau Rotkohl.
»Wer ist denn dieser Jemand, der auf Ihrem Dach sitzt? Was sucht er da oben?«, fragte die Stimme am anderen Ende der Leitung.
»Das Sams sitzt da«, sagte sie. »Was es da sucht, weiß ich auch nicht.«
»*Das* Sams? Ist dieses Sams ein Tier?«, fragte der Feuerwehrmann.
»Nein, so eine Art Kind«, sagte sie.
»Eine Art Kind, aha!«

»Ja, es behauptet, es sei kein Junge und auch kein Mädchen, sondern ein Sams«, sagte sie. »Es hat rote Haare ...«

»Kommt es zufällig aus Irland?«, fragte der Feuerwehrmann interessiert. »Meine Freundin ist aus Irland und hat rote Haare. Das scheint es dort häufig zu geben.«

»Jetzt schwafeln Sie doch nicht von Ihrer Freundin, sondern holen Sie das Sams vom Dach!«, rief sie ins Telefon.

»Nur mit der Ruhe, wir kommen ja«, beschwichtigte er sie. »Wir haben eine lange Leiter auf unserem Fahrzeug. Vielleicht sagen Sie mir endlich, wo dieses Haus steht, auf dem angeblich ein Sums auf dem Dach sitzt.«

»Ein Sams!«, rief sie.

»Ja, ja«, sagte der Feuerwehrmann. »Dann muss ich bitte schön Ihren Namen und Ihre Adresse wissen.«

Das Sams, es hat schon bald genug von Ralfers erstem Drachenflug.

Der Sturm war schwächer geworden. Ralfer, der Drache, hatte es inzwischen geschafft, eine weite Kurve zu fliegen, und näherte sich wieder dem Haus.

Als er über dem Hausdach schwebte, klappte er seine Flügel eng zusammen, fiel sofort nach unten und landete neben dem Sams.

»Wie schön, dass du wieder da bist«, sagte das Sams. »Nun geht es mir schon gut, wenn nicht sogar besser.«

»Du hast großes Glück gehabt, dass du nicht abgestürzt bist«, sagte Ralfer.

»Ja, ich hätte mir den Hals brechen können oder

das Bein. Wenn nicht sogar den Zeigefinger«, sagte das Sams.
»Zeigefinger?«, fragte Ralfer. »Warum wäre das so schlimm gewesen?«
»Na, dann hätte ich nicht mehr in der Nase bohren können«, sagte das Sams.
»Und jetzt?«, fragte Ralfer. »Was mache ich mit dir? Am Kochlöffel kannst du dich nicht mehr festhalten. Der liegt irgendwo da unten.«
»Und wenn ich mich an deinen Beinen festhalte?«, schlug das Sams vor. »Meinst du, dass du so heftig mit deinen Flügeln wackeln kannst, dass wir nicht abstürzen?«
»Hm«, Ralfer überlegte. »Dazu müsste ich richtig fliegen. Nicht schweben. Dann sieht man aber, dass ich ein lebendiger Drache bin, kein Drachen.«
»Das ist mir egal«, sagte das Sams. »Falls uns irgendwer sieht, ist das nicht so schlimm, wie wenn ich vom Dach falle und meinen Finger breche.«
»Dann lass es uns probieren«, sagte Ralfer.
Das Sams klammerte sich an Ralfers Hinterbeinen fest. Der Drache schlug heftig mit den weit ausgebreiteten Flügeln, flog hoch und schaffte es, das Sams einen halben Meter hochzuziehen. Höher

kam er nicht, bevor er mit dem Sams wieder auf dem Dach landete.
»Du bist einfach zu schwer für mich«, sagte er.
»Du musst auch nicht mit mir in die Luft steigen«, sagte das Sams. »Du sollst nur ein Fallschirm sein und meinen Sturz abbremsen.«
Das sah Ralfer ein. »Wenn ich mit dir vorsichtig vom Dachfirst runterrutsche bis zur Dachrinne, dann könnte es gehen.«
»Wir rutschen lieber auf der Hausrückseite hinunter. Da sieht uns keiner«, sagte das Sams.
Also setzten sie sich auf der anderen Seite auf den Rand des Daches und blickten hinunter in den Hinterhof.
»Dann mal los!«, befahl das Sams.
Der Drache schlug mit seinen Flügeln und ließ sich gleichzeitig vom Dachrand fallen.
Das Sams umklammerte Ralfers Hinterbeine.
»Au!«, schrie es zwei Sekunden später, denn es war unsanft auf einer Mülltonne gelandet. Die Tonne war umgefallen, der Deckel aufgesprungen. Es war die Papiertonne, und ein Stapel Zeitungen, Kartons und Küchenpapiere hatte sich in den Hinterhof ergossen.

Das Sams stand auf und rieb sich das schmerzende Hinterteil.
Ralfer war etwas sanfter zu Boden gekommen. »Tut mir leid«, sagte er. »Besser konnte ich nicht bremsen.«
»Ist schon gut«, sagte das Sams und begann, die Papiere mit beiden Händen wieder in die Tonne zurückzuschaufeln.
»Lass mich mal!«, sagte Ralfer. Ein langer Feuerstoß, und aus dem Papier war Asche geworden.
»Auch nicht schlecht!«, sagte das Sams und stellte die Tonne wieder auf.
Ralfer fragte: »Wie kommen wir jetzt durch die Hintertür ins Haus, ohne dass uns Frau Rotkohl sieht?«
Aber auch dieses Problem löste sich schnell. Inzwischen war nämlich ein Feuerwehrauto mit drei Feuerwehrleuten vorgefahren. Ein Feuerwehrmann klingelte bei Frau Rotkohl. Sie öffnete mit hochrotem Kopf.
»Sind Sie die Anruferin, die von einer Person auf dem Dach gesprochen hat?«, fragte er.
»Ja, die bin ich«, sagte Frau Rotkohl. »Höchste Zeit, dass Sie endlich kommen.«

»Ich kann aber keine Person da oben entdecken«, sagte der Feuerwehrmann.
»Wieso nicht?«, fragte Frau Rotkohl.
»Weil sich da keine befindet«, sagte der Feuerwehrmann. »Und meine Kollegen draußen am Wagen sehen auch niemanden.«
»Das kann doch nicht sein«, sagte sie und ging mit dem Feuerwehrmann vor die Haustür.

Das Sams und Ralfer hatten hinter der Tür gelauscht. Kaum war Frau Rotkohl nach draußen gegangen, öffneten sie vorsichtig die Hinterhoftür und schlichen leise ins Taschenbier-Zimmer zurück.
Frau Rotkohl stand draußen neben drei Feuerwehrleuten, die sie prüfend und fast ein wenig misstrauisch betrachteten.
»Da oben soll also dieses Wesen gesessen haben, das weder ein Junge noch ein Mädchen ist, aber auch kein Erwachsener?«, fragte einer der drei.
»Ja, genau da oben«, sagte sie.
»Sie sind sich da ganz sicher?«, fragte ein anderer.
»Ja, was denn sonst!«, sagte sie.
»Und wohin ist Ihrer Meinung nach diese geheimnisvolle Person verschwunden?«, fragte der Erste.
»Sieht so aus, als hätte sie sich in Luft aufgelöst«, musste sie zugeben.
Einer der drei sagte: »Heute Morgen habe ich eine Vitamintablette aufgelöst. Ist gut für die Fitness.«
»Warum erzählen Sie mir das?«, fragte Frau Rotkohl.
»Weil ich die Tablette in Wasser aufgelöst habe.«
Er lachte. »Und Sie erzählen mir, eine Person habe sich in Luft aufgelöst. Das ist was ganz Neues.«

»Das ist doch nur so eine Redensart«, antwortete sie. »Das Sams sitzt jedenfalls nicht mehr oben.«
»Und Sie sind sicher, dass es dieses Sams-Wesen wirklich gibt? Wie müssen wir uns das vorstellen? Von den roten Haaren hatten Sie ja schon erzählt.«
Frau Rotkohl sagte: »Es trägt einen Taucheranzug ...«
Der Feuerwehrmann unterbrach sie. »Einen Taucheranzug? Auf dem Dach?«, fragte er nach.
»Ja, auf dem Dach«, sagte sie. »Es hat eine komische Nase. Sieht ein bisschen aus wie ein Rüssel.«
Die drei Feuerwehrleute sahen sich vielsagend an.
»Das Kind im Taucheranzug hat also einen Rüssel und sitzt auf dem Dach«, wiederholte der eine.
»Es *saß* auf dem Dach«, verbesserte sie ihn. »Sie sehen ja selbst, dass es nicht mehr dort oben sitzt!«
»Frau Rotkohl, darf ich Sie fragen, ob Sie zurzeit irgendwelche Medikamente einnehmen?«, fragte der Feuerwehrmann.
»Wieso ich?«, fragte sie. »*Sie* haben doch gerade erzählt, dass Sie eine Tablette aufgelöst haben!«
»Na gut«, sagte der Feuerwehrmann, der an der Tür geklingelt hatte. Er schien der Chef zu sein. »Sie wissen, dass wir Ihnen diesen Einsatz in Rechnung stellen müssen?«

»Was heißt hier Einsatz?«, sagte sie. »Sie haben ja gar nichts unternommen.«
»Sie werden von uns hören, Frau Rotkohl«, sagte er. »Auf Wiedersehen.«
Gleich darauf fuhren die Feuerwehrleute wieder ab.

Am Nachmittag klingelte ein Junge an der Haustür. Frau Rotkohl öffnete.
»Was gibt's?«, fragte sie.
»Das lag bei uns im Garten«, sagte der Junge und hielt Frau Rotkohl den Kochlöffel mit der aufgewickelten Schnur hin.
»Was soll ich damit?«, fragte sie.
»Das gehört doch diesem Jungen im Taucheranzug, der bei Ihnen wohnt«, sagte der Junge.
»Dem Sams, meinst du?«, fragte sie, nahm die Schnurrolle in die Hand und betrachtete sie genauer. »Das scheint mein Kochlöffel zu sein. Woher hast du diese Schnur? Wieso glaubst du, dass sie dem Sams gehört?«
»Sie lag in unserem Garten. Hab ich doch schon gesagt«, antwortete der Junge. »Damit hat dieser Sams gestern seinen Drachen steigen lassen wollen. Der

ist aber nicht besonders gut gestiegen. Der war ja auch ziemlich schwer. Außerdem ging kaum Wind. Mein Drachen ist auch nicht gestiegen.«

»Moment, jetzt mal ganz langsam: Das Sams hat einen Drachen steigen lassen? Woher soll es denn einen Drachen haben? Der Drachenladen hatte doch geschlossen. Hat das Sams jedenfalls erzählt«, sagte sie.

»Es war sogar ein ganz besonderer Drachen«, erzählte der Junge. »Der war aus einer Art Plastik und sah ziemlich echt aus.«

»Da stimmt doch was nicht«, sagte sie. »Da werde ich gleich mal nachfragen. Danke für meinen Kochlöffel und die Schnur. Auf Wiedersehen.«

»Hab ich gerne gemacht. Wiedersehn!«, sagte der Junge und schloss die Tür hinter sich.

Frau Rotkohl ging in ihre Wohnung zurück und stand eine Weile unschlüssig da. Dann legte sie die Schnurrolle auf den Küchentisch, ging mit energischen Schritten auf die Tür von Taschenbiers Zimmer zu, klopfte und trat ein, ohne ein »Herein!« abzuwarten.

Das Sams war gerade dabei, im Kühlschrank nach etwas Essbarem für Ralfer zu suchen. Schließlich war der Drache ohne Frühstück zum Drachen-Abenteuer aufgebrochen. Jetzt stand er auf den Hinterbeinen neben dem Sams und blickte interessiert in den Kühlschrank.
Beide erschraken, als Frau Rotkohl ins Zimmer gestürmt kam.
Auch Frau Rotkohl erstarrte vor Schreck und Überraschung. »Was ... was ist das denn?«, stammelte sie.
Aber gleich darauf hatte sie ihre Fassung wiedergefunden und schrie los: »Tiere in der Wohnung! Du und dein Herr Taschenbier, ihr wisst ganz genau, was im Mietvertrag steht: keine Tiere! Und schon gar nicht so ein Krokodil, oder was das ist.«
»Papa Taschenbier weiß ja gar nicht, dass Ralfer hier wohnt«, sagte das Sams. »Der kann niemals nichts dafür.«
»Das ist ja noch schöner! Du hältst dir also heimlich so ein Tier, so einen Ralfer. Und Taschenbier weiß nichts davon!«, rief sie. »Dieses Tier verlässt auf der Stelle mein Haus!«
»Nein, es bleibt hier«, sagte das Sams.

»Das werden wir ja sehen!«, sagte sie zornig, ging aus dem Zimmer und kam mit einem Kehrbesen zurück.
»Raus hier! Raus! Sofort raus!«, befahl sie und versuchte, Ralfer mit dem Besen aus dem Zimmer zu schubsen.
»Selber raus!«, rief Ralfer zurück und setzte Frau Rotkohls Besen mit einem kräftigen Feuerstrahl in Brand.
Sie ließ den brennenden Besen fallen und flüchtete aus dem Zimmer.

Das Sams öffnete das Fenster und warf den Besen hinaus. Da lag er jetzt im Vorgarten und qualmte noch ein bisschen vor sich hin.
Dann ging es zurück, schloss die Zimmertür ab und drehte den Schlüssel zweimal um.
Etwas verzagt saßen dann das Sams und Ralfer im Zimmer. Das Sams auf dem Schreibtischstuhl, der Drache am Boden.
»So ein Mist! Was mache ich jetzt?«, fragte das Sams. »Heute Abend wird sie es Papa Taschenbier erzählen. Dann weiß er, dass ich gewünscht habe. Obwohl ich doch fest versprochen habe, die Wunschmaschine nicht mehr anzustellen. Vielleicht ist er dann so wütend, dass er mich wegschickt.«
»Er wird eher mich wegschicken«, sagte Ralfer.
»Meinst du?«, fragte das Sams. »Das fände ich fast genauso schlimm.«
»Was machen wir jetzt?«, fragte der Drache.
»Nichts. Wir können nur warten«, sagte das Sams.
»Dann warten wir eben«, sagte Ralfer. »Dazu fällt dir wohl keiner von deinen Reimen ein?«
Das Sams dachte kurz nach und fing an: »Wir warten jetzt im Zimmer hier …«
»… auf deinen Papa Taschenbier«, ergänzte Ralfer.

»Du reimst immer schöner, wenn nicht sogar erstaunlich fabelhaft«, lobte das Sams. »Aber das wundert mich nicht. Schließlich bist du ja ein Fabeltier.«
Schon besserte sich seine Laune. Wie immer, wenn jemand reimte oder ihm selbst ein Reimwort einfiel. Es reimte auch gleich weiter:

»Das Sams sitzt hier und wartet,
bis Papas Donnerwetter startet.
Vielleicht wird es sogar noch schlimmer,
und Papa schickt mich weg für immer!«

»Er wird dich ganz bestimmt nicht wegschicken«, versicherte Ralfer noch einmal. »Weil er dich nämlich mag.«
»Ja, meinst du?«, fragte das Sams.
»Das habe ich gespürt, obwohl ich erst zwei Tage bei euch bin«, sagte er.
»Und die meiste Zeit davon unter meinem Bett!«
Das Sams lachte schon wieder.
»Schade, dass ich nicht da unten lag, als Frau Rotkohl reinkam«, sagte Ralfer. »Sie hätte mich nicht entdeckt, und wir hätten kein Problem.«

»Wenn Drachen hinter Decken stecken,
kann sie Frau Rotkohl nicht entdecken«,

reimte das Sams.

»Doch wenn sie vor dem Kühlschrank stehen,
sind sie ziemlich schnell zu sehen«,

reimte Ralfer weiter.

»Du reimst ja schon fast so gut wie ich«, staunte das Sams. »Ich wollte sagen: Fast beinahe so gut. Denn so gut wie ein Sams reimt nicht einer, wenn nicht sogar keiner.«

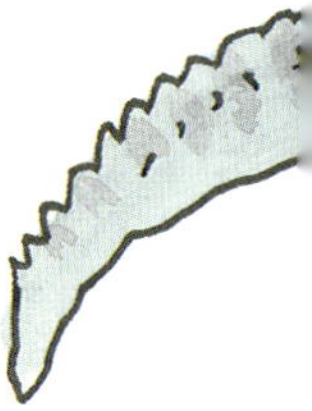

»Das lernt man eben, wenn man mit einem Sams zusammen ist«, sagte Ralfer.

Inzwischen suchte Frau Rotkohl drüben nach der Nummer der Feuerwehr. Sie fand sie auch gleich, denn das Telefonbuch war noch an der richtigen Stelle aufgeschlagen. Sie rief dort an.

»Hier ist der Notruf der Feuerwehr«, meldete sich ein Mann. »Was gibt's?«

Der Stimme nach war es derselbe, den sie schon einmal angerufen hatte.

»Hier Rotkohl«, antwortete sie aufgeregt. »Sie müssen sofort kommen!«
»Ach, sitzt schon wieder jemand auf Ihrem Dach?«, fragte er.
»Viel schlimmer!«, rief sie ins Telefon. »Hier im Haus ist ein blaues, krokodilähnliches Wesen. Ich glaube, es hat sogar Flügel. So genau habe ich es nicht gesehen. Dieses Tier spuckt jedenfalls Feuer. Das ganze Haus kann abbrennen!«
»Aha, ein blaues Krokodil«, erwiderte der Feuerwehrmann. »Und das kann Feuer spucken!«
»Ja, genau«, bestätigte sie. »Es hat meinen Besen angebrannt. Dabei hat es gerufen ›Selber raus!‹. Da können Sie sehen, wie aggressiv dieses Vieh ist!«
»Wer hat gerufen? Das Krokodil?«, fragte er.
»Sag ich doch!« Frau Rotkohl konnte sich nur wundern, wie begriffsstutzig Feuerwehrmänner sein können.
»Einen Moment bitte«, sagte er. Sie hörte am Klack-Geräusch, dass er den Hörer beiseitegelegt hatte. Trotzdem konnte sie verstehen, wie er sich jetzt mit einem Kollegen unterhielt.
»Da ist wieder diese Verrückte! Diese Frau Rotkohl«, sagte er halblaut.

»Die mit dem angeblichen Sums auf dem Dach?«, fragte eine andere Stimme.
»Genau die«, sagte er. »Jetzt behauptet sie, in ihrer Wohnung sei ein blaues Krokodil, das Feuer spuckt!«
»Ehrlich?«, fragte der Kollege. »Du machst einen Witz!«
»Von wegen! Ihr Krokodil kann auch sprechen«, sagte er und lachte schallend.
Frau Rotkohl rief in den Hörer: »Ich kann alles hören, was Sie sagen. Sie machen sich lustig über mich!«

»Nein, nein, liebe Frau Rotkohl«, sagte er beruhigend. »Wir rufen sofort den örtlichen Krokodiljäger an, damit er kommt und das Tier erlegt. Sie müssen keine Angst haben.«
»Krokodiljäger?«, wiederholte sie. »Sie nehmen mich nicht ernst!«
»Wir nehmen Sie sehr ernst«, behauptete der Feuerwehrmann. »Bis dieser Jäger kommt, ist

meine Wohnung wahrscheinlich schon abgefackelt!«, rief sie ins Telefon. »Sie müssen sofort etwas unternehmen! Hören Sie: so-fort!«
Aber der Feuerwehrmann am anderen Ende hörte nicht mehr zu. Er hatte den Hörer einfach aufgelegt.
»Nicht zu fassen!«, sagte Frau Rotkohl. »Das ist unsere Feuerwehr! Da muss es wohl schon lichterloh brennen, bevor die überhaupt ins Feuerwehrauto steigen.«
Sie legte den Hörer auch auf. »Mal sehen, wie sich Herr Taschenbier herausredet, wenn er heute Nachmittag nach Hause kommt!«, sagte sie. »Hält sich ein feuergefährliches Tier im Zimmer und sagt mir nichts davon. Jetzt ahne ich auch, wo dieser Brandfleck herkommt.«

Frau Rotkohl schimpft, Frau Rotkohl droht: Das »Krokodil« kriegt Hausverbot!

Am späten Nachmittag kam Herr Taschenbier gut gelaunt nach Hause. Unter dem Arm hatte er einen blauen Stoffdrachen. Frau Rotkohl hatte ihn hereinkommen hören und fing ihn auf dem Flur ab.

»Herr Taschenbier …«, fing sie an.

Der unterbrach sie. »Schauen Sie mal, Frau Rotkohl!«, sagte er und zeigte ihr stolz den Drachen. »Herr Hespeler ist wieder da. Mein Sams wird sich freuen, wenn …« Weiter kam er nicht.

»Herr Taschenbier, lenken Sie nicht ab!«, sagte sie streng. »Ich hätte gute Lust, Sie bei der Polizei anzuzeigen.«

»Anzeigen? Was reden Sie da?«, fragte Herr Taschenbier.
»Tun Sie nicht so, als ob Sie das nicht wüssten! Dabei steht ganz deutlich im Mietvertrag, dass es verboten ist, Tiere in der Wohnung zu halten. Und so gefährliche Monster sowieso!«
»Ich weiß nicht, wovon Sie reden«, sagte Herr Taschenbier.
»Ich spreche von diesem Krokodil-Wesen, diesem Feuerspucker-Vieh«, sagte sie.
Herr Taschenbier blickte sie verständnislos an und hob fragend die Hände. »Was meinen Sie?«
Frau Rotkohl merkte langsam, dass er tatsächlich nicht wusste, wovon sie sprach.
»Dann hat Ihr Sams die Wahrheit gesagt, und Sie wissen gar nichts davon. Genau! Dieses unverschämte Sams hat den Feuerspucker in Ihr Zimmer geschmuggelt«, sagte sie.
»Das hätte ich mir eigentlich gleich denken können.«
»Jetzt sagen Sie mir endlich, wovon Sie reden«, sagte Herr Taschenbier.

»Gehen wir doch einfach hinein, dann muss ich Ihnen nicht alles zweimal erklären«, sagte sie und öffnete energisch die Tür zu Taschenbiers Zimmer, schob ihn hinein und folgte.

Ralfer hatte sich unters Bett verkrochen, das Sams saß auf dem Schreibtischstuhl und blickte Herrn Taschenbier schuldbewusst an.

»Es tut mir leid, Papa«, sagte es.

»Was tut dir leid?«, fragte Herr Taschenbier, während er den blauen Stoffdrachen an den Schrank lehnte.

»Wo hast du das Vieh versteckt?«, fragte Frau Rotkohl.

»Hier bin ich«, sagte Ralfer und kroch unter dem Bett hervor. »Es tut mir leid, Frau Rotkohl, dass ich Ihren Besen angekohlt habe. Das Sams kann nichts dafür.«

»Na, da ist ja dieses Krokodil«, sagte Frau Rotkohl zufrieden. Sie wandte sich an Herrn Taschenbier. »Den Besen müssen Sie mir leider bezahlen!«

Herr Taschenbier war so verblüfft, als er den Drachen sah, dass er sich erst mal auf einen Stuhl setzen und tief durchatmen musste.

»Das …« Er zeigte auf den Drachen. »Das kann

sprechen? Sams, wo kommt dieses Tier her?«, fragte Herr Taschenbier. »Was ist es überhaupt? Ein Leguan? Es sieht wirklich wie ein Drache aus. Wenn ich nicht wüsste, dass es Drachen nur im Märchen gibt, würde ich meinen, dass hier ein Drache sitzt.«

»Bin ja auch ein Drache«, sagte Ralfer.

Herr Taschenbier war so überrascht, dass er von seinem Stuhl aufsprang.

»Ein Drache?«, rief er. »Ein Drache, der auch noch spricht? Das kann nicht sein.«

»Egal ob Drache, Krokodil oder Leguan – das Tier hat hier nichts zu suchen. Das schaffen Sie sofort weg. Verstanden?«, sagte Frau Rotkohl.

»Liebe Frau Rotkohl …«, fing das Sams an.

»Ach, plötzlich bin ich deine liebe Frau Rotkohl«, sagte sie. »Das Tier muss trotzdem weg.«
»Liebe Frau Rotkohl …«, fing nun auch Herr Taschenbier an.
Sie unterbrach ihn. »Es fehlt nur noch, dass mich auch dieses Tier liebe Frau Rotkohl nennt.«
Tatsächlich fing jetzt auch Ralfer so an. »Liebe Frau Rotkohl, ich verspreche, dass ich nie mehr im Haus Feuer spucke«, sagte er. »Kann ich dann bleiben?«
»Nichts da!«, antwortete sie. »Im Mietvertrag steht, dass keine Tiere in der Wohnung erlaubt sind. Egal, ob sie Feuer oder Wasser oder Erdbeereis spucken.«
»Erdbeereis?«, wiederholte das Sams. »Gar keine schlechte Idee. Vielleicht sollten wir ein Erdbeereis für Frau Rotkohl wünschen.«
»Jetzt sei bitte mal ganz still!«, befahl Herr Taschenbier dem Sams. Und zu Frau Rotkohl sagte er: »Frau Rotkohl, lassen Sie uns mal allein! Ich muss das alles erst mit dem Sams klären. In aller Ruhe. Dann sage ich Ihnen Bescheid, wie es weitergeht. Bitte!«
»Na gut«, sagte sie. »Ich erwarte Sie in einer halben Stunde in meiner Küche. Dann will ich wissen, was Sie mit dem Tier vorhaben.«
Sie ging hinaus und schloss die Tür hinter sich.

»Papa, du hast mir einen blauen Drachen von Herrn Hespeler mitgebracht? Das ist oberübergroßartigst«, begann das Sams.

»Jetzt versuch nicht abzulenken«, sagte Herr Taschenbier ärgerlich. »Nicht der *Drachen* ist wichtig, sondern der *Drache*! Wo kommt der her?«

»Also, Ralfer …«, fing das Sams an.

»Ralfer?«, fragte Herr Taschenbier.

»So heiße ich«, sagte Ralfer.

»Einen Namen hat dieser sprechende Drache also auch noch«, wunderte sich Herr Taschenbier. »Das wird ja immer fantastischer.«

»Papa, jetzt wirst du gleich mit mir schimpfen«, sagte das Sams. »Und das ist auch richtig und gerecht, wenn nicht sogar vollkommen höchstverdient.«

»Aha«, machte Herr Taschenbier.

»Ich hab dir doch fest versprochen, dass ich die Wunschmaschine nicht benutze …«

»Und du hast damit gewünscht! Ich habe es geahnt«, seufzte Herr Taschenbier. »Und dann?«

Und dann erzählte das Sams die ganze Geschichte. Wie es sich einen Drachen gewünscht hatte und dafür ein Drache kam. Wie sie einen Namen für ihn gefunden hatten. Wie das Sams Ralfer als Drachen steigen ließ und mit ihm auf dem Dach gelandet war. Und dass der Drache leider wütend geworden war, als ihn Frau Rotkohl mit dem Besen hinausschubsen wollte, und Feuer gespuckt hatte.

»Aber nur ein ganz kleines Feuerchen!«, sagte Ralfer dazwischen.

»Es ist ja auch nur ein Besen angebrannt und nicht etwa die olle Rotkohl«, sagte das Sams. »Und der Besen war sowieso schon so was von uralt.«

»Der hatte kaum noch Borsten«, sagte Ralfer.

»Genau. Kaum noch Borsten«, bestätigte das Sams. »Höchstens fünfzehn Stück, wenn nicht sogar überhaupt keine.«

Herr Taschenbier hatte alles schweigend angehört. »Und was machen wir jetzt mit dem Drachen?«, fragte er. »Ich fürchte, wir können ihn nicht hierbehalten. Das Haus gehört schließlich Frau Rotkohl, und sie darf hier bestimmen.«

»Wenn du sie ganz sehr freundlich fragst, erlaubt sie es vielleicht doch«, sagte das Sams. »Was soll sonst mit Ralfer geschehen? Nach Hause schicken können wir ihn nicht.«

»Warum denn nicht?«, fragte Herr Taschenbier.

»Weil er kein Zuhause hat.«
»Ich werde mit Frau Rotkohl reden«, sagte Herr Taschenbier und ging hinüber in Frau Rotkohls Küche.
»Nun?«, fragte sie, als er hereinkam.
»Es ist tatsächlich ein echter Drache«, sagte Herr Taschenbier. »Wahrscheinlich das letzte lebende Exemplar.«
»Egal, ob es das erste oder das letzte ist: Das Exemplar muss aus dem Haus«, sagte sie. »Wenn das nicht geschieht, werde ich die Polizei benachrichtigen müssen, und dieser Drache landet im städtischen Tierheim.«
»Tierheim?«, fragte Herr Taschenbier entsetzt.

Frau Rotkohl nickte. »Haben Sie in der Zeitung von dem Mann gelesen, der sich eine Würgeschlange in der Wohnung hielt? Als man die entdeckt hatte, kam sie auch ins Tierheim. Dort kann sich dann dieses Drachen-Vieh mit dieser Schlange unterhalten.«

»Ralfer würde dort eingehen«, sagte Herr Taschenbier. »Der ist kein gewöhnliches Tier. Er kann sprechen. Den darf man doch nicht einfach in ein Tierheim zu anderen Tieren stecken.«

»Ralfer?«, fragte sie.

»Ja, so heißt der Drache.«

»Einen Namen hat er also auch noch. Nicht zu fassen«, sagte sie. »Was schlagen Sie vor? Sie könnten ihn in den Wald fahren und dort aussetzen. Bestimmt ist er da lieber als im Tierheim. Ich weiß ja nicht, was Drachen fressen. Vielleicht Hasen oder Rehe? Die findet er im Wald. Er darf da nur kein Feuer spucken. Nicht dass er einen Waldbrand verursacht. Jetzt, wo die Bäume so trocken sind.«

»Und Sie lassen sich wirklich nicht überreden, den Drachen im Haus zu dulden?«, fragte Herr Taschenbier.

Sie schüttelte den Kopf.
»Und wenn ich Ihnen mehr Miete zahle?«, schlug er vor.
»Auch dann nicht«, sagte sie. »Das Tier muss weggebracht werden, oder es kommt ins Tierheim.«
Herr Taschenbier überlegte. »Ich habe eine Idee«, sagte er dann. »Vielleicht gibt es eine Möglichkeit. Bis später, Frau Rotkohl!«
Er ging aus der Küche. Im Hinausgehen sagte er noch: »Ich werde mal gleich meinen Freund Mon anrufen.«
»Sagen Sie Herrn Mon einen Gruß von mir«, rief sie Herrn Taschenbier hinterher.

»Hast du sie überreden können?«, fragte das Sams, als Herr Taschenbier zurück ins Zimmer kam.
Er schüttelte den Kopf. »Nein«, sagte er. »Sie will Ralfer ins Tierheim stecken.«
»Da geh ich nicht hin«, sagte Ralfer. »Nie gehe ich da hin!«
»Das lasse ich auch niemals, keineswegs und überhaupt kein bisschen zu«, sagte das Sams. »Ralfer bleibt hier.«
»Wenn sie wirklich die Polizei ruft, haben wir

keine Chance«, sagte Herr Taschenbier. »Die nehmen Ralfer mit.«

»Dann gehe ich mit Ralfer weg«, sagte das Sams. »Wir ziehen zusammen durch die Welt.«

»Das ist freundlich von dir«, sagte Herr Taschenbier. »Aber erstens will ich nicht, dass du mich verlässt …«

»Und zweitens?«, fragte das Sams.

»Zweitens würde Ralfer dabei auch sehr schnell im Tierheim landen«, sagte er. »Was glaubst du, was das für eine Aufregung gäbe, wenn du mit einem Drachen durch die Stadt marschierst!«

»Stimmt!«, musste das Sams zugeben.

»Ich habe mir etwas überlegt«, sagte Herr Taschenbier. »Wie wäre es, wenn wir Onkel Mon fragen, ob Ralfer bei ihm wohnen darf?«

»Onkel Mon?«, fragte das Sams. »Das wäre einerseits gut und andrerseits schlecht, wenn nicht sogar schlimm. Gut wäre es, weil Ralfer dann nicht ins Heim kommt. Schlecht, weil er nicht mehr bei mir ist.«

»Du kannst ihn ja so oft besuchen, wie du möchtest«, sagte Herr Taschenbier.

»Zu Herrn Mon würde ich gerne gehen«, sagte der

Drache. »Er hat gesagt, es wäre für ihn ein Glück, wenn er einem blauen Drachen begegnen würde.«
»Woher weißt du das?«, fragte Herr Taschenbier.
»Das habe ich genau gehört, als Herr Mon mit dir zu Abend gegessen hat und ich unter dem Bett versteckt war«, sagte Ralfer.
»Dann werde ich ihn gleich mal anrufen«, sagte Herr Taschenbier, ging zum Telefon und wählte die Nummer seines Freundes.
Herr Mon meldete sich gleich: »Ja, hier Mon!«
»Ich bin es«, sagte Herr Taschenbier. Er wusste, dass ihn sein Freund an der Stimme erkannte. »Wir haben hier ein Problem. Aber gleichzeitig eine riesige Überraschung«, fing er an.
»Bin ich da gespannt? Ja, das bin ich«, sagte Herr Mon.
»Am besten, du kommst gleich mal bei mir, bei Ralfer und beim Sams vorbei«, sagte Herr Taschenbier.

»Wer ist denn Ralfer?«, fragte Herr Mon.
»Den wirst du kennenlernen und staunen«, sagte Herr Taschenbier.
»Machst du es spannend? Ja, das machst du«, sagte Herr Mon. »Na gut, ich setze mich gleich aufs Fahrrad und komme.«

Der Drache muss jetzt aus dem Haus. Herr Mon denkt sich was Gutes aus.

Herr Mon staunte nicht nur, er war völlig verblüfft und so fassungslos, dass ihm erst mal die Stimme versagte, als er Ralfer in Taschenbiers Zimmer am Boden sitzen sah.

»Das … das …«, stammelte er.

»… das ist ein Drache«, vollendete das Sams den angefangenen Satz. »Er heißt Ralfer.«

»Hallo, Onkel Mon«, grüßte Ralfer. »Ich darf doch Onkel Mon sagen?«

»Das kann nicht wahr sein!«, rief Herr Mon. »Ein echter, lebender, sprechender Drache! Wo kommt der her?«

»Gewissermaßen aus der Wunschmaschine«, sagte das Sams und erzählte, wie es diesen Drachen durch einen Wunsch zum Leben erweckt hatte.
»Aber jetzt will ihn die Rotkohl ins Tierheim stecken«, beschloss es seinen Bericht.
»Ins Tierheim? Das ist unmöglich. Ja, das ist es!«, rief Herr Mon.
Jetzt mischte sich auch Herr Taschenbier ins Gespräch ein.
»Wir finden es auch unmöglich. Deshalb wollten wir dich fragen …«
»Ob Ralfer bei dir wohnen darf«, sagte das Sams.
»Bei mir? Ja, wenn er das will!«, sagte Herr Mon.
»Willst du das, Ralfer?«

»Ja«, antwortete Ralfer. »Ich bin zwar gerne hier beim Sams. Aber ins Tierheim möchte ich wirklich nicht. Da würde ich lieber wegfliegen. Das Sams kann mich ja bei dir besuchen.«
»Ja, das kann es«, bestätigte Herr Mon.
»Jetzt müssen wir uns aber erst mal überlegen, wie wir den Drachen zu meinem Freund Mon bringen können«, sagte Herr Taschenbier.
»Wieso?«, fragte das Sams. »Ralfer kann auf seinen vier Füßen gut und schnell gehen. Das macht er doch ständig.«
Herr Mon schüttelte den Kopf. Er verstand, was sein Freund gemeint hatte. »Was glaubst du, was es für einen Aufstand in der Stadt gäbe, wenn ein Drache mit uns durch die Straße watschelt!«
»Ich weiß nicht, was watscheln ist«, sagte Ralfer. »Ich kann jedenfalls ganz normal auf allen vieren gehen.«
»Trotzdem können wir das nicht so machen. Alle würden ihr Handy zücken und Fotos machen. Kinder würden Ralfer streicheln wollen, immer mehr Menschen würden um uns herumstehen. Schließlich wird ein Polizist auf diesen Menschenauflauf aufmerksam und alarmiert seine Kollegen«, malte

es sich Herr Taschenbier aus. »Und die bringen dann Ralfer ins Tierheim. Genau das wollen wir ja nicht.«

»Ja, das wollen wir nicht. Aber wie können wir ihn unauffällig zu mir schaffen?«, überlegte Herr Mon.

Das Sams hatte eine Idee. »Wir holen einen Einkaufswagen vom Kaufhaus, setzen Ralfer hinein, decken ihn mit einem Bettlaken zu und schieben ihn so zu Onkel Mon.«

Herr Mon zögerte. »Einkaufswagen? Das wäre aber Diebstahl!«

»Wir stellen den Einkaufswagen doch wieder zu den anderen Wagen vors Kaufhaus«, sagte Herr Taschenbier. »Dann kriegen wir auch den Euro zurück, den man als Pfand einschieben muss.«

»Mir fällt da etwas ganz anderes ein!«, rief Herr Mon. »Da muss ich nur Oma Ludmilla fragen, ob sie es erlaubt. Aber das erlaubt sie bestimmt. Ja, das tut sie.«

»Oma Ludmilla?«, fragte Herr Taschenbier. »Das ist doch die, mit der du immer Kreuzworträtsel löst und die dabei Zigaretten raucht? Was soll sie erlauben?«

»Vor Kurzem hat sie mir erzählt, dass sie sich über

ihre Enkelin maßlos geärgert hat. Anastania heißt sie, wenn ich mich recht erinnere, oder Anastasia.«
»Oder Antasnasia?«, schlug das Sams vor.
Herr Mon ließ sich nicht ablenken. »Anastasia bekommt ein Baby. Oma Ludmilla hat ihr angeboten, dass sie den Kinderwagen haben kann, in dem schon Anastasias Mutter herumgefahren wurde.«
»Ja, und?«, fragte Herr Taschenbier.
»Der Kinderwagen war Anastasia zu altmodisch. Sie wollte einen modernen«, erzählte Herr Mon. »Jetzt steht der Kinderwagen immer noch auf dem Dachboden im Haus von Oma Ludmilla.«
»Ralfer im Kinderwagen? Das ist eine großartige Idee, wenn nicht sogar ein hervorragende, um nicht zu sagen eine gute«, sagte das Sams.
»Und eine lustige«, stimmte Herr Taschenbier zu. »Dann geh doch mal gleich zu dieser Oma und frag sie, ob sie uns den Wagen für kurze Zeit ausleiht!«

»Werde ich das sofort tun? Ja, das werde ich«, rief Herr Mon und stürmte aus dem Zimmer.
»Hoffentlich hat er Erfolg, und diese Oma leiht ihm den Kinderwagen«, sagte Herr Taschenbier.
»Ja, hoffentlich«, sagte das Sams.

Herr Taschenbier ging hinüber und klopfte an Frau Rotkohls Tür. »Es sieht so aus, als würden wir eine Bleibe für den Drachen finden«, sagte er. »Also bitte nicht voreilig die Polizei anrufen, ja?«

»Ich bin gespannt, was Sie unternehmen wollen«, sagte sie. »Das ist doch nicht schon wieder eine Ausrede, oder?«

»Haben Sie jemals eine Ausrede von mir gehört?«, fragte Herr Taschenbier.

»Nein, eigentlich nicht«, musste sie zugeben. »Das ist eher eine Spezialität von Ihrem Sams.«

Es dauerte ungefähr eine Stunde, bis Herr Mon zurückkam. Er hatte tatsächlich den Kinderwagen dabei und stellte ihn vor der Haustür ab.

Herr Taschenbier und das Sams gingen mit Ralfer vor die Tür und bestaunten das Gefährt. Es war ein altertümlicher, hoher Kinderwagen mit einem festen Dach. Früher war er mal weiß gewesen, jetzt war die Farbe vergilbt.

»Passt Ralfer überhaupt da rein?«, fragte das Sams.

Der Drache stellte sich auf die Hinterbeine, hielt sich am Rand des Kinderwagens fest und blickte hinein.

»Könnte gehen«, sagte er.

»Dann wollen wir mal!«, sagte Herr Mon. Gemeinsam mit Herrn Taschenbier hob er den Drachen hoch und setzte ihn in den Kinderwagen. Ralfers Kopf ragte über den Rand des Wagens.
»Kannst du dich auch legen?«, fragte Herr Taschenbier.
Ralfer legte sich hin. »Es geht«, sagte er. »Ich muss nur meine Flügel eng zusammenklappen und den Schwanz anwinkeln. Ziemlich hart hier drinnen.«
»Warte!«, rief das Sams, rannte ins Haus und kam mit seinem Kopfkissen und einem Sofakissen unter dem Arm wieder heraus.
Herr Mon schob dem Drachen das kleine Kissen unter den Kopf und deckte ihn mit dem Kopfkissen zu. Jetzt lag Ralfer im Kinderwagen wie ein normaler, zufriedener Säugling. Nur mit dem Unterschied, dass normale Säuglinge nicht blau sind und auch kein Horn auf der Stirn haben.
Herr Taschenbier hatte noch eine Idee. Er ging in sein Zimmer und nahm aus dem Kleiderschrank eine Wollmütze, die er bei Frost im Winter immer trug.
»Das macht Ralfer noch unauffälliger«, sagte er und stülpte dem Drachen die Mütze über den Kopf.

Sie saß ein wenig schief, weil er sie ja über das krumme Horn auf der Stirn ziehen musste.
Frau Rotkohl hatte mitgekriegt, dass sich vor ihrer Haustür etwas tat, und stand kopfschüttelnd da, als Herr Mon, Herr Taschenbier und das Sams nun mit dem Drachen im Kinderwagen loszogen. »Na, dann wünsche ich Ihnen viel Glück mit dem Feuerspeier!«, rief sie hinter den dreien her.
»Danke, Frau Rotkohl«, rief Herr Mon zurück.

Im Kinderwagen unter Decken, da kann man Drachen gut verstecken.

Das Sams durfte den Wagen schieben, Taschenbier und Mon gingen rechts und links neben dem Wagen her, um dessen Inhalt vor neugierigen Blicken zu schützen.
Das Sams fand es großartig, dass Ralfer jetzt wie ein Baby durch die Stadt geschoben wurde. Ihm fiel auch gleich ein Lied dazu ein. Am liebsten hätte es laut gesungen:

»Ist es nicht zum Lachen,
was Drachen alles machen?
Ist es nicht gelacht,

was Ralfer alles macht:
Er kann Frau Rotkohl arg erschrecken
und kann sich unterm Bett verstecken.
Er trinkt zwei Eimer Wasser aus
und bringt die Feuerwehr ins Haus.
Er sitzt auf unsrem Hausdach oben
und wird jetzt durch die Stadt geschoben.«

Aber da es durch so ein Lied die Menschen ringsum auf sich und den Drachen aufmerksam gemacht hätte, blieb es still und flüsterte sein Lied nur ganz, ganz leise.
Schließlich kamen sie unbehelligt bei Herrn Mons Haus an und hoben Ralfer aus dem Kinderwagen. Es war inzwischen dunkel geworden.
»Kommt herein!«, sagte Herr Mon, ging voraus und knipste das Licht an. Im Wohnzimmer hoppelten einige Schneehasen herum, die gleich zu Herrn Mon kamen und mit Mohrrüben gefüttert wurden. Die Rüben hatte er wohl die ganze Zeit in seiner Jackentasche mit sich herumgetragen.
Herr Kules, der Papagei, zog sich in die entfernteste Zimmerecke zurück, als Ralfer hereinkam.
»Aber Herr Kules, du musst doch keine Angst vor

einem Drachen haben«, sagte Herr Mon, ging zu ihm und hob ihn auf seine Schulter. Herr Kules sah das offenbar anders, denn er äugte von da oben misstrauisch zum Drachen hinunter.
»Musst keine Angst haben!«, wiederholte Ralfer. Zum Beweis, dass er nichts Gefährliches vorhatte, ging er in die entfernteste Ecke des Zimmers und setzte sich dort auf die Hinterbeine. »Keine Angst haben«, wiederholte er von dort aus.
»Setzt euch doch auch!«, forderte Herr Mon seinen Freund Taschenbier und das Sams auf. »Darf ich euch ein Glas Mineralwasser anbieten?«
Er holte eine Flasche aus der Küche. Das Mineralwasser hatte wohl zu viel Druck. Denn als er den Verschluss öffnete, schoss das Wasser heraus und spritzte über den Tisch.
Das Sams war die ganze Zeit bemerkenswert still gewesen. Jetzt lachte es schallend und rief: »Samsregel hundertelfundzwanzig:

Wenn Gäste um den Esstisch sitzen,
soll man die Gäste nicht bespritzen.«

»Es tut mir leid. Ja, das tut es«, sagte Herr Mon.

Eine ganze Weile saßen sie jetzt um den Tisch, redeten und lobten sich gegenseitig.
»Hat unser Drachen-Transport bestens geklappt? Ja, das hat er wirklich«, sagte Herr Mon und lehnte sich zufrieden in seinem Stuhl zurück.
»Kein Mensch hat etwas gemerkt«, bestätigte Herr Taschenbier.
»Meine Idee mit dem Kinderwagen war wirklich grandios, das müsst ihr zugeben«, sagte Herr Mon.
»Meine Idee mit dem Einkaufswagen wäre aber auch nicht schlecht gewesen«, sagte das Sams.
»Die wäre aber ein bisschen auffälliger«, sagte Herr Taschenbier.
»Ihr könnt mich ruhig loben«, sagte das Sams.
»Loben? Wofür?«, fragte Herr Taschenbier.
»Wegen mir waren wir nicht auffällig«, behauptete das Sams.
»Wegen dir? Das musst du uns aber erklären«, sagte Herr Taschenbier.
»Wenn ich das Drachen-Lied gesungen hätte, das ich gedichtet habe, hätten alle Leute zu mir und zum Kinderwagen hergeschaut. Vor allen Dingen, wenn ich es ganz laut gesungen hätte«, sagte das Sams. »Aber weil ich es nicht gesungen habe,

höchstens ganz leise geflüstert, waren wir unauffällig.«
Herr Taschenbier und Herr Mon lachten. Sogar Ralfer, der mitgehört hatte, musste lachen.
»Das ist eine merkwürdige Logik«, sagte Herr Taschenbier. »Nur weil du etwas nicht getan hast, willst du gelobt werden? Dann möchte ich bitte auch gelobt werden, weil ich unterwegs nicht laut Trompete gespielt habe.«
»Du hattest ja gar keine dabei«, sagte das Sams.
»Und ich möchte gelobt werden, weil ich …« Herr Mon konnte vor Lachen kaum weitersprechen.
»… weil ich nicht die ganze Zeit laut gepupst habe.«
»Das kannst du gar nicht einfach so, sondern nur, wenn du musst«, sagte das Sams.
»Natürlich nicht echt. Nur nachgemacht mit dem Mund«, sagte Herr Mon. »Ich kann die Pupsgeräusche von meinen sämtlichen Tieren machen. Die Kuh zum Beispiel geht so!« Er presste die Lippen zusammen und stieß ein lautes ›Pppfft‹ aus.
»Bei der Ziege klingt es eher wie ein ›Ffffft‹, und bei den Hasen …«
Ralfer unterbrach ihn. »Ich will auch gelobt werden!«, rief er aus seiner Zimmerecke. »Weil ich

nicht Feuer gespien und nicht den Wagen in Brand gesetzt habe.«
Alle lachten. Das Sams musste mitlachen.
»Dann waren wir also vierstellig unauffällig«, sagte es. »Ganz anders als die beiden Schweine in der Schweiz.«
»Von denen du jetzt bestimmt etwas erzählst«, sagte Herr Mon.
»Sogar gereimt«, antwortete das Sams.
»Muss das sein?«, fragte Herr Taschenbier. »Ehrlich gesagt gehen mir deine ständigen Reimereien ein kleines bisschen auf die Nerven. Lieber höre ich dir zu, wenn du mal ganz normal sprichst.«
»Tatsächlich?«, fragte Herr Mon. »Mir gefallen die Sams-Sprüche.«
»Du hast das Sams ja auch nicht jeden Tag um dich«, sagte Herr Taschenbier.
Herr Mon beugte sich zum Sams hinüber und sagte: »Du kannst mir ja leise ins Ohr reimen, warum deine Schweine aus der Schweiz alles andere als unauffällig waren.«
»Es sind zwar nicht meine Schweine, aber ich verrate es dir trotzdem«, sagte das Sams und flüsterte Herrn Mon ins Ohr:

»Zwei Schweine aus Sankt Gallen
sind mächtig aufgefallen.
Sie flogen dort bei starkem Sturm
zwei Runden um den Glockenturm.«

»Das erinnert mich an eine alte Wetterregel«, sagte Herr Mon laut.
»Wie geht die?«, fragte Herr Taschenbier.
»Sie ist uralt und stammt noch aus dem Mittelalter«, fing Herr Mon an. »Aber sie gilt auch noch heute.«
»Und wie geht diese Regel?«, wiederholte Herr Taschenbier.
»Man findet sie in alten Wetterbüchern. Oft handgeschrieben«, erzählte Herr Mon.

»Versuchst du gerade, mich noch mehr zu nerven als manchmal das Sams?«, sagte Herr Taschenbier. »Langsam will ich deine Wetterregel gar nicht mehr hören.«
»Dann muss ich sie schnell sagen: Fliegen Schweine um den Turm, herrscht draußen meist ein Wirbelsturm.«
»Schweine? Was sind denn Schweine?«, wollte Ralfer wissen. »Haben die Flügel wie ich?«
»Nein, die fliegen, indem sie mit ihren großen Ohren wackeln«, behauptete das Sams.
»Erzähl dem armen Drachen nicht solche Lügengeschichten!«, sagte Herr Mon, der Tierfreund. »Das darfst du mit dem Drachen nicht machen!«
»Gut gereimt«, lobte das Sams.
»War das ein versehentlicher Reim? Ja, das war einer«, sagte Herr Mon.
Herr Taschenbier stand auf. »Macht jetzt bitte Schluss mit euren Witzen und Reimereien«, sagte er. »Es ist Zeit, zu gehen. Wie ihr wisst, muss ich morgen früh aus dem Bett und ins Büro. Sams, kommst du?«
Das Sams blickte Herrn Mon an und sagte: »Onkel Mon, darf ich dich was fragen?« Ohne dessen

Antwort abzuwarten, fragte es: »Darf ich heute hier bei dir übernachten? Ausnahmsweise!«
»Ja, gerne«, sagte Herr Mon. »Du willst Ralfer in der neuen Umgebung nicht allein lassen? Das verstehe ich. Du kannst neben Ralfer auf einer Luftmatratze schlafen. Die findest du dort in der Schublade. Aber was sagt mein Freund Taschenbier dazu?«
»Meinetwegen kann das Sams bleiben«, sagte der.
»Dann sehen wir uns morgen wieder, ja?«
Das Sams nickte. »Ja. Gute Nacht, Papa«, sagte es.
Ralfer kam aus seiner Ecke und verabschiedete sich auch.
»Gute Nacht, Herr Taschenbier. Danke, dass du mich vor dem Tierheim gerettet hast«, sagte er.
Als Herr Taschenbier gegangen war, sagte Herr Mon zu Ralfer: »Jetzt lass dich endlich mal genau betrachten. Ich kann es immer noch kaum glauben, dass ich einen echten Drachen in meinem Haus habe. Ich bin überglücklich. Ja, das bin ich.«
Er beugte sich zum Drachen hinunter. »Was ist das für ein Horn auf deiner Stirn?«
»Das ist mein Fühlhorn«, erklärte Ralfer.
»Füllhorn?«, fragte das Sams.

»Nein, Fühlhorn«, verbesserte der Drache. »Damit kann ich ganz viel fühlen. Zum Beispiel, ob es morgen schönes Wetter gibt oder ob es regnen wird. Damit kann ich auch die Richtung beim Fliegen beibehalten und kann fühlen, wenn ich zu hoch fliege und die Luft dünner wird.«
»So hoch kannst du fliegen?«, wunderte sich das Sams.
»Noch viel höher«, behauptete Ralfer.
»Ist das interessant? Ja, das ist es!«, sagte Herr Mon. »Von einem Fühlhorn steht nämlich nichts im Buch.«
»In welchem Buch?«, fragte das Sams.
»In diesem hier«, sagte Herr Mon, ging zum Bücherregal und holte ein schmales Buch heraus. Er hielt es dem Sams so hin, dass es den Titel lesen konnte: »Alles über Drachen«.
»Ich dachte, Drachen sind Sagentiere, und es gibt sie eigentlich gar nicht«, wunderte sich das Sams. »Gibt es also doch lebende Drachen?«
»Nein, nein«, sagte Herr Mon. »Hier ist zusammengetragen, was man sich in aller Welt von Drachen erzählt oder erzählt hat.«
Er schlug das Buch auf.

»Ich lese euch mal vor: Der Körper des Drachen scheint aus mehreren Tierleibern gebildet zu sein. Die lang gestreckte Schnauze stammt vom Krokodil, seine Flügel von der Fledermaus, sein langer Schwanz erinnert an eine Schlange, und seine großen, gelben Augen, mit denen er nachts gut sehen kann, stammen von der Eule. Er hat meist zackenförmige Rückenschuppen. Man spricht dabei von einem Schuppenkamm. Typisch sind zwei stark ausgebildete Hinterbeine, zwei dünnere Vorderbeine, die zusammenklappbaren Flügel und der lange Schwanz, auf dem er sich abstützen kann, wenn er aufrecht steht.«

»Stimmt genau«, sagte das Sams. Auch Ralfer

schien mit der Beschreibung einverstanden zu sein, denn er nickte mehrmals.
Herr Mon las weiter vor. »Er soll die Fähigkeit haben, Feuer zu speien.«
»Stimmt auch«, sagte Ralfer und blies zur Bestätigung einen kleinen Feuerstrahl senkrecht nach oben. Herr Kules, der Papagei, flatterte aufgeregt durch das Zimmer und fand einen sicheren Platz auf der Vorhangstange.
»Man erzählt, dass die Drachen sehr hoch und sehr weit fliegen können. Sie sollen fähig sein, sich mehrere Tage ununterbrochen in der Luft zu halten. Ohne zu landen, ohne zu fressen, ohne zu trinken. In einigen Geschichten können sie sogar schlafend fliegen oder fliegend schlafen«, las Herr Mon vor.
»Was eigentlich dasselbe ist«, sagte das Sams.
»Hast du damit recht? Ja, das hast du«, sagte Herr Mon und las weiter vor. »Der Zackenpanzer schützt den Drachen sowohl vor großer Hitze als auch vor großer Kälte. Es soll sogar Drachen im ewigen Schnee geben, die Eisdrachen. Der asiatische Drache hingegen wird mit dem Element Wasser in Verbindung gebracht. Er bringt den Regen. Im Gegensatz zu den Drachen in euro-

päischen Märchen bringt er auch Glück. Chinesische Familien, bei denen ein Drache wohnt, können sich also glücklich schätzen. Es gibt dabei aber eine Schattenseite. Wenn ein Drache eine Zeit lang bei Menschen ist, kommt es vor, dass er ganz plötzlich …«

»Halt! Nicht weiterlesen!«, rief das Sams und nahm Herrn Mon das Buch einfach aus der Hand.

»Weshalb nicht?«, fragte Herr Mon.

»Es würde Ralfer nur auf dumme Gedanken bringen«, sagte das Sams.

»Wenn du meinst«, sagte Herr Mon, nahm das Buch wieder an sich und stellte es ins Regal zurück. »Dann wird es wohl Zeit, euch eine gute Nacht zu wünschen. Die Luftmatratze kannst du bestimmt selbst aufblasen. Ja, das kannst du.«

Er ging aus dem Zimmer und ließ die beiden allein.

»Gute Nacht, Ralfer«, sagte das Sams, als es auf der Luftmatratze lag.

Ralfer hatte sich daneben flach auf den Teppich gelegt.

»Gute Nacht, Sams«, flüsterte der Drache zurück.

Kurz danach waren beide eingeschlafen.

Schiebt man den Wagen etwas fest, dann wird er bald zum Hühnernest.

Am nächsten Morgen frühstückten Herr Mon, das Sams und Ralfer auf der kleinen Terrasse draußen vor dem Wohnzimmer. Herr Mon hatte drei Eier aus dem Hühnerstall geholt, und es gab Rührei auf Roggenbrot. Das schien selbst dem Drachen gut zu schmecken.

»Mein Haus ist klein, aber mein Grundstück ist groß, ja, das ist es«, sagte Herr Mon stolz und wies mit großer Geste zu einer Wiese hin, auf der Tiere grasten.

Eine Ziege kam über das Gras, blieb am Rand der Terrasse stehen und meckerte Herrn Mon auffordernd an.

»Das ist Lissi!«, erklärte er seinen beiden Gästen. Er stand auf, ging zu ihr hin, spendierte ihr ein Stück Brot und kraulte sie am Hals. Sie meckerte zufrieden und entleerte sich. Das Sams lachte und reimte:

»Ziegen, welche vorne meckern,
können hinten ganz schön kleckern.
Was Lissi vorne frisst,
kommt hinten wieder raus …«

»Das macht mir gar nichts aus!«, sagte Herr Mon. »Das gehört sich so bei Ziegen.«
Weiter hinten auf der Wiese grasten vier Schafe, von einem Hund gut bewacht. Herr Mon zeigte auf sie.
»Dort seht ihr vier Schafe und einen Hütehund«, sagte er.
»Der Hund war zuerst da. Ich habe ihn aus dem Tierheim geholt. Aber er hat sich sehr gelangweilt. Da musste ich ihm wohl oder übel ein paar Schafe kaufen, damit er eine Beschäftigung hat.«
»Das war freundlich von dir«, lobte Ralfer.

»Noch weiter hinten steht Emma, meine Kuh, mit ihrem Kälbchen Emmi«, erzählte Herr Mon weiter. »Ich habe hier so was wie einen kleinen Freiluft-Zoo. Meine Tiere haben es gut, denke ich.«

»Komme ich jetzt auch in deinen Zoo?«, fragte Ralfer.

»Nein, nein«, wehrte Herr Mon ab. »Du wohnst bei mir im Haus. Schließlich kann man sich mit dir unterhalten.«

»Ja, das kann man«, vollendete Ralfer den Satz.

Der Kinderwagen stand immer noch neben der Haustür.

»Onkel Mon, musst du den Wagen nicht zu dieser Oma Ludmilla zurückbringen?«, fragte das Sams.

»Nein«, antwortete Herr Mon. »Sie hat zu mir gesagt: ›Den Wagen darfst du gerne behalten, wenn du ihn brauchen kannst. Ich brauche ihn nicht. Jetzt gibt es sogar mehr Platz auf dem Dachboden.‹ Er kann also bei mir bleiben.«

»Dann ist es also jetzt ein Mon-Wagen«, sagte das Sams. »Nicht zu verwechseln mit einem Wohnwagen.«

»Darf ich ihn ein bisschen rumschieben?«, fragte Ralfer.

»Wenn du das kannst«, sagte Herr Mon.
»Natürlich kann ich das«, sagte Ralfer, stellte sich aufrecht, hob die Vorderbeine hoch zum Griff und fasste ihn mit seinen Drachenpfoten.
»Dann fahr mal los!«, rief das Sams.
Das war nicht einfach, denn die Wagenräder waren in den Sand des Weges eingesunken und ließen sich kaum drehen. Ralfer schaffte es erst mal nicht, den Wagen loszuschieben.
Das Sams sprang auf und kam ihm zu Hilfe. Es fasste den Griff, und gemeinsam schoben sie den Wagen aus dem Sand heraus auf einen befestigten Weg. Dort rollte der Wagen fast von alleine.
»Drachen, die das Schieben lieben, müssen erst das Schieben üben«, stellte das Sams fest.
Ralfer hielt den Wagen an und blieb stehen.
»Mir kommt eine gute Idee«, sagte er.
»Aha. Und wie geht deine oberübergute Idee?«, fragte das Sams.
»Gestern hast du den Wagen geschoben, und ich saß drinnen«, fing Ralfer an.
»Das hast du gut erkannt«, sagte das Sams. »Und?«
»Heute werde ich mal den Wagen schieben, und du sitzt drinnen«, sagte Ralfer.

»Ich? Ehrlich?«, fragte das Sams.
»Ja, du!«, bestätigte Ralfer.
Und weil das Sams immer noch unentschlossen in den leeren Kinderwagen guckte, sagte Ralfer: »Es schaukelt sehr schön, wenn man gefahren wird.«
»Und wie komme ich in den Wagen rein?«, fragte das Sams.
»Onkel Mon hilft uns bestimmt«, sagte Ralfer mit einem Blick zu Herrn Mon, der immer noch am Frühstückstisch saß. Er hatte den beiden zugehört.
»Helfen? Gerne«, sagte er, stand auf und kam zum Kinderwagen.
Er hob das Sams hoch und stellte es in den Wagen.
»Setz dich!«, befahl Ralfer. »Du musst dich nur ein bisschen kleiner machen. Wie ich gestern auch. Ja, es geht schon!«
Und wirklich rollte Ralfer gleich darauf mit dem Sams im Wagen los, den befestigten Weg entlang.
Dem Sams schien es Spaß zu machen.
»Fahr schneller«, befahl es und sang: »Kinderwagen sollen rollen, weil die Kinder das so wollen.«
»Nicht nur die Kinder!«, rief Ralfer heftig schnau-

fend, während er den Wagen schneller und schneller voranschob.
Jetzt ging es bergab, und der Wagen rollte noch schneller. Ralfer kam auf seinen Drachenbeinen nicht mehr hinterher und musste den Griff loslassen.
Der Kinderwagen mit dem Sams schoss immer schneller bergab, unten über den Wegrand hinaus auf die Wiese, kippte um und blieb auf der Seite liegen.
Das Sams war durch den Sturz hinausgeschleudert worden und saß mit verblüfftem Gesichtsausdruck neben dem umgestürzten Wagen.
Ralfer rannte zu ihm hin. »Geht's dir gut? Bist du verletzt?«, rief er aufgeregt.

»Mir ist nichts passiert«, sagte das Sams, während es aufstand. »Nur dem Wagen. Das rechte Vorderrad ist ab.«
Auch Herr Mon kam angerannt und fragte noch mal das Gleiche wie vorher Ralfer: »Bist du verletzt? Geht's dir gut?«
»Mir ist überhaupt niemals nichts passiert«, bestätigte das Sams noch einmal.
Herr Mon betrachtete den umgekippten Wagen von allen Seiten.
»Das Rad kann man bestimmt wieder anschrauben«, tröstete ihn das Sams.
Herr Mon schüttelte den Kopf.
»Ich werde das Rad nicht anschrauben, sondern die anderen drei Räder abschrauben. Ja, das werde ich«, sagte er.
»Und dann?«, fragte Ralfer.
»Und dann stelle ich den radlosen Wagen in den Hühnerstall und polstere ihn schön mit Stroh aus«, sagte Herr Mon. »So habe ich ein Hühnernest, in dem sogar drei oder vier Hühner nebeneinander brüten können.«
»Ein Großraum-Nest«, sagte das Sams. »Da sitzen dann die Hühner nebeneinander und gackern.«

Zum Mittagessen kochte Herr Mon Gemüsenudeln. Es fand sich sogar eine grüne Paprika im Kühlschrank, die Ralfer als Nachtisch serviert bekam.
Danach sagte Herr Mon zum Sams: »Es wird Zeit, dass ich dich zur Rotkohl zurückbringe.«
»Warum?«, fragte das Sams.
»Allein würdest du den Weg wahrscheinlich nicht finden«, sagte Herr Mon.
»Nein, ich meine: Warum willst du mich zur Rotkohl bringen?«, fragte das Sams.
»Ich meinte natürlich, ins Rotkohl-Haus«, sagte Herr Mon. »Dein Papa Taschenbier wird sich freuen, wenn er nach Hause kommt und sein Sams ist wieder da.«
»Und Ralfer?«, fragte das Sams.

»Der kann gut ein, zwei Stunden allein sein«, sagte Herr Mon. »Um den musst du dir keine Sorgen machen. Der wird es gut bei mir haben. Ja, das wird er. Los, Sams! Komm mit!«
Das Sams ging zu Ralfer und legte ihm die Arme um den dicken Drachenkopf. »Schade, dass du nicht bei mir und Papa Taschenbier bleiben kannst«, sagte es.
»Ja, schade«, bestätigte Ralfer.
»Ich muss zu Papa Taschenbier, das Dumme ist, dann fehlst du mir«, sagte das Sams und wandte sich zum Gehen.
»Ihr könnt ja miteinander telefonieren«, schlug Herr Mon vor. »Du rufst bei mir an, und ich halte Ralfer den Hörer ans Ohr.«
»An das rechte oder das linke?«, fragte das Sams grinsend.
»Ist das nicht egal?«, fragte Herr Mon. »Ja, das ist es.«
Ralfer lachte. »Das Sams will dich reinlegen«, sagte er zu Herrn Mon. »Ich hab doch gar keine Ohren.«
»Stimmt! Das hatte ich tatsächlich übersehen«, sagte Herr Mon. »Wie peinlich. Und ich dachte, ich wüsste alles über Drachen.«

Eine Nachricht, die erschreckt und zugleich die Hoffnung weckt.

Zwei Tage später kam Herr Mon mit dem Fahrrad zum Rotkohl-Haus. Er stellte das Rad neben der Haustür ab und klingelte.
Frau Rotkohl empfing ihn im Flur.
»Guten Tag, lieber Herr Mon. Nett, Sie wiederzusehen«, sagte sie. »Falls Sie Ihren Freund Taschenbier suchen: Der ist im Büro. Aber das wissen Sie bestimmt.«
»Das weiß ich sehr gut«, antwortete Herr Mon. »Ich will ja auch zum Sams.«
»Da müssen Sie dahinten auf die große Wiese gehen. Es lässt da gerade seinen Drachen steigen«, sagte sie.

Herr Mon freute sich. »Ach, ist Ralfer zum Sams zurückgekommen? Wie schön. Da fällt mir ein Stein vom Herzen, ja, da fällt er.«
»Ralfer?«, fragte sie. »Den haben Sie doch aus dem Haus gebracht. War auch richtig so. Ich hätte sonst die Polizei anrufen müssen, und er wäre im Tierheim gelandet.«
»Aber Sie sagten doch gerade, dass das Sams seinen Drachen steigen lässt!«, rief er.
»Ja, eben! Den blauen Drachen, den ihm Herr Taschenbier aus dem Drachenladen mitgebracht hat!«, sagte sie. »Den lässt es steigen.«
»Ach so«, sagte Herr Mon leise. Seine gute Laune war schlagartig verschwunden. »Dann werde ich mal nach dem Sams suchen.«
Mit hängenden Schultern ging er aus dem Haus.
Er fand das Sams auf der großen Wiese. Es hatte die gestraffte Drachenschnur in der Hand und blickte hoch zum blauen Drachen, der ruhig und stabil am Himmel stand.
»Schau mal, Onkel Mon!«, rief es. »Ist der Drachen nicht toll, den mir Papa Taschenbier mitgebracht hat? Er steigt und steigt, ohne abzustürzen.«
Jetzt erst blickte es Herrn Mon genauer an.

»Du siehst irgendwie traurig aus. Ist was passiert?«, fragte es.
Das Sams gab die Drachenschnur an ein kleines Mädchen ab, das danebengestanden und zum Drachen hochgeschaut hatte. »Hier! Darfst du halten! Wenn der Drachen sinkt, musst du an der Schnur ziehen. Dann steigt er wieder.«
Danach wandte sich das Sams Herrn Mon zu.
»Ich muss dir leider etwas Trauriges berichten«, fing der an. »Ralfer …«
»Was ist mit ihm?«, unterbrach das Sams.
»Es ist so, wie es im Drachenbuch stand. Er hat uns Glück gebracht. Aber nun ist er weg. Ist plötzlich verschwunden. Nicht mehr da.«
»Nicht mehr da?«, rief das Sams. »Bist du ganz sicher?«
»Ja, das bin ich«, sagte Herr Mon. »Er ist nämlich schon seit gestern weg. Erst dachte ich, dass er vielleicht irgendwo auf dem Grundstück ist und die anderen Tiere anschaut. Aber er kam nachts nicht zurück. Und heute auch nicht.«
Das Sams war so niedergeschlagen, so traurig, dass es sich erst mal ins Gras setzen musste. Herr Mon

setzte sich daneben und legte ihm tröstend den Arm um die Schultern.
»Ich habe große Hoffnung, dass du deinen Drachen wiedersehen wirst. Ja, die habe ich«, sagte er.
»Wirklich?«, fragte das Sams.
»Ja, wirklich«, sagte Herr Mon. »Ralfer hat mich nämlich etwas gefragt am Abend, bevor er verschwunden ist.«
»Was denn?«, fragte das Sams.
»Er wollte wissen, wo er hinkommt, wenn er immer nach Osten fliegt, immer weiter nach Osten.«
»Was hast du geantwortet«, fragte das Sams.
»Ich habe gelacht und ihm gesagt: ›Wenn du immer weiter nach Osten fliegst, immer weiter, dann fliegst du erst mal über Polen, dann über Russland, dann weiter über den Pazifik, über Kanada, über den Atlantik, über England, und schließlich landest du da, wo du losgeflogen bist.‹ Das hat ihm sehr gefallen.«
»Du meinst, er fliegt einmal um die Welt und kommt wieder?«
»Genau das meine ich«, bestätigte Herr Mon.
»Wie lange wird er wohl brauchen, bis er wieder hier ist?«, fragte das Sams.

»Ich habe von einem Engländer gelesen, der die Welt in achtzig Tagen umrundet hat«, erzählte Herr Mon. »Er hieß Mister Fogg. Ich denke, in dieser Zeit könnte es ein Drache auch schaffen.«
»Dann müssen wir jetzt achtzig Tage auf Ralfer warten«, sagte das Sams.
»Ja, das müssen wir«, bestätigte Herr Mon.
»Du kannst es aber auch anders sehen: Jetzt dürfen wir uns achtzig Tage lang auf den Drachen freuen.«
»Ja, das dürfen wir«, sagte das Sams und nickte.

ENDE